U0668256

十态

陈天鸣 著

《朱颜》《茧居》《遇仙记》……

十个故事，十种状态。

极具电影感的文字，

带你站在云端看世界……

陕西新华出版

太白文艺出版社·西安

图书在版编目（CIP）数据

十态 / 陈天鸣著. -- 西安 ： 太白文艺出版社，
2022.2（2023.6重印）
ISBN 978-7-5513-2180-8

Ⅰ. ①十… Ⅱ. ①陈… Ⅲ. ①短篇小说－小说集－中
国－当代 Ⅳ. ①I247.7

中国版本图书馆CIP数据核字(2022)第024476号

十态
SHI TAI

作　者	陈天鸣
责任编辑	蔡晶晶
封面设计	张旭峰
版式设计	建明文化
出版发行	太白文艺出版社
经　销	新华书店
印　刷	三河市同力彩印有限公司
开　本	880mm × 1230mm 1/32
字　数	122 千字
印　张	6.25
版　次	2022 年 2 月第 1 版
印　次	2023 年 6 月第 2 次印刷
书　号	ISBN 978-7-5513-2180-8
定　价	49.00 元

自　序

转眼就秋天了，最近常常想起一句诗："野旷天低树，江清月近人。"喜欢诗里的意境，也因此想起一个住在建德江畔的朋友。

常说，人生百态。我这本书只写了"十态"。在广州这座生态层次丰富的城市，每天有不同的故事在上演，我写的不过是千千万万种人生中的十种。这十个主人公皆有原型，他们都曾使我震动。当他们在我的生命中出现过后，就像浮云似的，常在我的脑海飘来飘去。时间久了，我对他们已经熟悉得不能再熟悉了，不写不快。把他们呈现在我的笔下，仿佛变成了我的一种使命。

按角色定位来分，他们或是我的同事、上司，或是我的邻居、朋友、朋友的朋友，或是共过一间病房的病友。我尽量跳出感情亲疏远近的窠臼，客观地讲述他们的故事。按职业划分，他们有的是艺术家，有的是企业家，有的是普通打工者。按年龄跨度分，有垂垂老矣的孀居妇人，有婚姻出现问题的少妇，有风华正茂的青年，也有落魄的中年人。他们的谋生方式、生活态度不同，遭遇

十态

的问题各异，或创业陷于困境，或求职不顺，或创作遇到瓶颈，或恋爱碰到挫折，或婚姻出了问题……在快变的时代里，他们在不稳定的状态里谋生，也谋爱。他们迷茫，不安，焦虑，等待，寻找。

他们有的通过努力已经取得一定成绩，有的还在社会底层苦苦挣扎。他们的共同点是，距离他们想要的理想状态还很远，渴求的东西仍然遥遥无期——起码他们是这样认为的。所以他们意欲谋求更好的出路，将自己的站位提升一个档次。他们的生存状态不一样，所使用的生存手段也不同。为了生存，有人妥协、迁就、退让，或出卖劳力，或背叛灵魂——为了追求一种令别人投来羡慕目光的人生。

这本书中的男男女女，形形色色，不一而足。他们不是什么英雄人物，而是芸芸众生中的平凡人。或许在你们身边，也有这样的人，熟悉又陌生。他们的人生谈不上多么曲折离奇，可能压根入不了大部分小说家的法眼。我却恋恋于这样平淡而真实的故事，没有大起大落、大喜大悲，却叫人唏嘘、怅惘、难忘。我力拓题材，在更广阔的背景之下反映时代变革中小人物的日常生活。

在浮躁的当下，如何让写作回归文学的本质，回归生活的本质，是我常思考的问题。我写作原本是娱乐性质，它之于我，就像别人唱歌、画画、看电影、刷短视频，甚至像大妈们跳广场舞一般，是为了打发时间和寻找一点乐趣而已。后来我逐渐觉得写字的人应该有一种使命，于是我试图"跳出三界外，不在五行中"，以局外人的姿态描画人间百态。

可是，像我书中的人物一样，我距离我想要的境界也还很远。我狂妄地想写出一种像民谣似的能一直流传下去的作品，放在任何时代都能读，都能读懂，不会明显地过时的作品。我不喜欢故作深沉，不喜欢故弄玄虚，不喜欢那些貌似深奥实际上空无一物的东西。我无法忍受自以为是的高深，刻意地装出一副神秘莫测的脸孔——让读者看了只觉得云里雾里，不知所云。说白了，那是作者自己在装模作样、装神弄鬼。每当我矫情的毛病要犯时，我便忍不住以局外人的姿态来审视、反思、怒斥：你写就写呗，但你装什么装呀？生活哪有那么多苦大仇深、满地狗血？我想我的作品是予人平静的，不是大喜大悲，也不是什么笑中有泪。

在我们的社会，各行各业都有出类拔萃的精英，他们为了推动人类文明的进步而默默地付出、不懈地努力。但是，世界是无限的，人的精力则是有限的。因此，"术业有专攻"。科学家、企业家、教育家、政治家、历史学家、经济学家、心理学家……他们自有他们关注和研究的领域，他们中的大多数或无暇或习惯性地忽略许多日常生活的细节，使得见证、感受、咀嚼、记录、思索、总结、安慰等责任落在一些有使命感的作家身上。

十态

他们甘于清贫地为了追寻文学的梦想而孜孜不倦，不是为了沽名钓誉，不是为了欺世盗名，不是为了追名逐利，而仅仅是为了心中的梦想。他们或许身处闹市而"心远地自偏"，或许隐居乡间而"尽知天下事"，他们观察、分析、研究、记录和定格这个世界不断上演的喜剧、闹剧和悲剧，是一种坚定的使命感、责任感使然。他们恪尽作家的本分，通过文字描绘千奇百怪的世相，为喜怒哀乐的众生作传，真实地传递世道人心的某些"波动"。

我们需要有人把这些日常的、孤独的世相一一呈现，供大家参考，使大家更从容地生活，更勇敢地面对，更耐心地思考，更乐观地相信……我相信，在我们身边，在我们的世界，一定有、总会有这么一些人，他们的执着，他们的认真，他们的纯粹，他们的坚持，令人钦佩、感动、肃然起敬。我知道我距离他们还很远，但竭力向他们靠近吧。

之所以挑了又挑，选了又选，最终撷取这十个人，是因为他们就像镜子，能映照出时代的千奇百怪，折射出世界的光怪陆离。我心甘情愿地挤压自己的闲暇时间，像描红一样把他们写下来，循着他们的日常生活轨迹来展现他们的生存状态和内心变化。若说有什么悲天悯人的情怀，似乎有点抬举自己，但对人性的一点关怀，对时代的一点记录，对生存状态的一点关注，这些意识我还是有的。

整个写作过程，我像吐丝的春蚕一样沉浸其中，像蜘蛛织网似的一点一点地织，力求写出静水流深的感觉，把他们最真实的一面呈现出来。书中的人物、情景、故事，都曾或多或少地震动过我，按照我们共通的人性，应该会有人跟我一样动容、感慨，有似曾相识之感。他们就在我们身边，日复一日、年复一年，比电影镜头还要鲜活地，重复或不重复地出现、闪过、定格。

　　哈维尔有句名言："我们坚持一件事情，并不是因为这样做了会有效果，而是坚信，这样做是对的。"我的目的很简单，就是从日常生活的细节里，感受美，发现美、凸显众生相。因为有本可循，他们的故事又在我心中酝酿了许久，所以写的过程都比较顺畅，只是在细节上改了又改，非常耗费时间和心力。我希望这些故事能打动更多人，引发更多共鸣和反思，反思我们的社会，读懂我们的时代，观照我们的生存状态。

　　是为序。二〇二一年九月二十九日，于广州。

目录 contents

补爱的女人

一

冷空气南下，天色昏沉沉的，即使一年四季都绿意盎然的广州，也不免显得萧索苍凉。街道两旁的大叶榕在寒风中团团地立着，整年如此。沈曼珠站在十七楼的窗边，看着树下的清洁工将落叶扫成一堆一堆的形状，一个早上差不多就过去了。在广州生活了十几年，她仍然无法习惯这座城市一年到头都是绿色的样子，她厌烦了这种一成不变。

沈曼珠曾嫌自己的名字普通，不甚响亮，想改个特别点的名字，叫曼殊。可是算命先生说"殊"字显孤独，建议她不要改，所以才没改成。曼珠的爷爷是一位少将，爸爸也是一位少将，可她不是。她是一个敏感、脾气暴躁、喜怒无常的神经质女人。

其实曼珠的命算很好了，在很多人都食不果腹的年代，她生活在军区大院里，衣食无忧，童年时光过得像午后的阳光一般缓慢迟

十态

滞。别人是吃了上餐没下餐的忧愁，而她是吃饱了上餐不知道下餐吃什么好的忧伤。富足、无忧无虑的少年时光，养成了曼珠娇气的性格。新时代来了，她还是养在深闺里的大小姐。直到十九岁去读大学，她才第一次离开家的温室。

三十年前，曼珠毕业于一所比较不错的美术学院。她记忆中三十年前那个夏天的阳光，明灿灿的，隔着几十年的光阴，阳光似乎应该褪色，但她仍然觉得比现在的要明亮很多。那时的大学生是国家最为宠爱的天之骄子，更何况，她是一位稀缺的女大学生。加上家庭条件优渥，父亲人脉又广，曼珠找一份稳定的好工作，再找一个门当户对的金龟婿，然后过上很幸福安康的阔少奶生活，看起来是一件水到渠成、顺理成章的事情。

然而大学毕业后，曼珠并没有立刻工作，而是听从家里的安排，仓促地嫁给了父亲一位官场上朋友的儿子。公公在省公安厅任副厅长，丈夫也在政府单位做事，飞黄腾达指日可待。按理说，这是多少女子渴求的生活啊，尤其是在那个温饱都成问题的年代。不过曼珠始终不甘心，毕竟这场婚姻多少有点政治联姻的味道。嫁给那样一个男人，也不能说没有一点感情，但实在说不上爱，就是似乎应该嫁给这样的男人。她反抗不了父亲的旨意。

结婚一年后，女儿呱呱坠地，曼珠工作的事情遥遥无期，只好在家相夫教女。平日丈夫有什么社交活动，偶尔也会带她一起去。

在推杯换盏中，很多人都称曼珠为未来的局长夫人。曼珠生得娇小，容貌也算秀丽。嫁人之前是大小姐，嫁了人就是贵妇，在一众官太太当中也不逊色。

有个叱咤战场的父亲，有个雷霆扫穴的公公，还有个在官场里混得如鱼得水、前途无限的丈夫。无数人的巴结奉承，使曼珠神气、骄傲，延续着少女时期的刁蛮任性、飞扬跋扈。但是，生活永远比小说精彩，曼珠的性格决定了她要成为一个传奇——起码她自我感觉是一个传奇。

阔太太的生活让多少女人可望而不可即。然而，曼珠又是一个骨子里有点小清高的女人，官场的黑暗、尔虞我诈，让她日渐生了厌倦。小时候，她曾经梦想当一名专职画家，优雅地坐在简洁而又多彩的画室里挥毫泼墨。如今想到现实生活的各种琐碎、各种应酬，她很无奈，镜子里的自己尽管保养得还不错，看不出已生过孩子，但这还能持续多久呢？不行！她对自己说，绝不能这样过一辈子！

二

女儿五岁那年，曼珠考上了一所全国著名的美术学院的研究生。不顾家人反对，她重返校园，宛如做回了一个云英未嫁的少女。她的导师是全国有名、顶尖的画家，她那个班总共有十二个学生，她是唯一的女弟子。生得小巧可爱，嘴巴又甜，绘画也的确有点天赋的曼珠深得导师的欢心，在一众男子中集万千宠爱于一身。春天里，一班人外出去郊区写生，拍照留念。十几个人围成一个半圆，曼珠站在最中间，昂着脸，笑得像春天里的一朵花。

虽然已为人妻为人母，但曼珠的身材并没有走样，加上回到校园，心态年轻，奔三的曼珠看起来不过二十出头。曼珠在学校里隐瞒了自己已婚的事实，以青春少艾的身份示人，没想到还真有不少不知情的男学生追求她。多少年后，她仍然对此引以为豪，沾沾自喜。每每听到有人称赞谁谁家的女孩如何年轻漂亮的时候，她总忍不住嗤之以鼻："切！想当年，我在美院的时候……"意思就是她容貌可人，青春无敌，即使结了婚生过孩子仍宛如少女，要是在早几年，即使那些比她小二十岁的女孩也不是其对手。

读研究生那几年，曼珠可谓春风得意，出尽了风头。可是，如同最恶俗的电视剧一样，一个女人常年不在家，她的男人，而且是一个条件不错的男人，有几个憋得住不拈花惹草呢？曼珠有顾虑过这一层，但她没想到这种很狗血的情节真会发生在自己身上。放寒假回家，曼珠还是发现了丈夫有外遇的蛛丝马迹。这可不得了，骄傲的她哪里受得了这样的屈辱。于是，一幕捉奸的闹剧闹得满城风雨，遍地鸡毛。最后的结局同样不堪，丈夫因此事仕途受了极其恶劣的影响，夫妻感情破裂。离婚后，女儿跟了丈夫，曼珠继续自己的学业。

某著名心理学家说过，人生每个阶段都有其使命和任务，前一阶段的完美收工是下一阶段幸福的前提；反之，人为地跳过某个阶段，总有一天它还会绕回来，补上。许多年前被活生生压下去的东西，终究还是不可抑制地死灰复燃、喷薄而出，哪怕仅仅是回光返照。

多少丈夫的出轨都让女人痛不欲生，以无尽的眼泪和悲伤的心情收场。可是曼珠没有，相反，丈夫的出轨成全了她。

尽管结婚之前，曼珠也有过一段短暂的初恋，但当时好像只是为了恋爱而恋爱，加之发生在临近毕业之际，最终匆匆结束。直到如今，曼珠都搞不清楚到底自己喜欢初恋男友什么，后来又匆匆忙忙地嫁了人，至此她从未好好享受爱情的甜蜜。恢复了单身的曼珠，这回可以继续名正言顺地接受别人的追求了。

没多久，曼珠就重新坠入了爱河。对象是小她一届的师弟董之滨，曼珠比他大七岁。这个董之滨师弟，自他第一天进入学校起，曼珠就开始留意他了。他那双深邃的眼睛，盛满了忧郁，把曼珠迷得神魂颠倒，将其他倾慕她的男生一律排除。

曼珠很快便清楚了董之滨眼睛里写满忧郁的缘由。原来，在入学前，董之滨的未婚妻因溺水身亡。而若不是他邀请她去水库玩水，意外也就不会发生，对此，他非常自责。同是天涯沦落人，刚刚离婚的曼珠虽然没有他那么难过，也不免对这个师弟格外同情、关爱。在淡淡的夕阳下，曼珠拉着他去逛操场，谈心，社团有什么活动，都拖着他去参加，一个一个地介绍师兄师姐给他认识。起初，她也仅仅是以一个师姐的身份对其表达关心，而这关心慢慢地变成了爱情。

再有男子汉气概的男人，曼珠也见识过。她的父亲、公公、前夫，都是硬朗型的男子汉。也许看惯了这类男人，受惯了他们的呵护宠爱，所以曼珠潜藏着的母爱一直无处发泄。见到了沉默忧伤的师弟，她的爱立刻如开闸的洪水，泛滥成灾，把董之滨淹没。日久生情，董之滨也渐渐地爱上了曼珠。他们不顾世俗的眼光，轰轰烈烈地在一起了，计划毕业后就结婚。

三

那年冬天，南方的雨疏疏落落地下着，曼珠跟随董之滨到广东见家长。他们的计划遭到董之滨家人的强烈反对。两人年龄的差距、曼珠的婚史，都是保守的农村家庭所不能忍受的。在现实的压力下，两人终究没有结成婚。曼珠在伤心欲绝、心灰意冷之下，决定接受导师的推荐，留在美院任助教。董之滨则回到广东老家，如孔雀东南飞，从此两人天南地北。

一晃三年过去了。三年里，曼珠骨子里的不安分因子不停地折磨着她。青灯黄卷的教学生活终究不是她追求的梦，鸟语花香的宁静校园也终究不是她要的归宿。曼珠最后还是辞了职，到广州找董之滨。虽然这时董之滨已经结婚，且生有一子。才不过三年，经历了未婚妻、母亲离世之痛后，董之滨的性情发生了很大的变化，再也不是从前那个郁郁寡欢的青年。他变成了一个能说会道的中年油腻大叔，和他交往的人三教九流，啥样都有。可就算他胖了老了变了，毕竟还是曼珠爱的那个男人啊！两人又纠缠不清起来。

来广州之始，曼珠做起专职画家来，一心一意地画画。因为读研时她认识了不少美术界的前辈，所以董之滨偶尔也叫她参与一些展览活动，做策展，替人出画册。可能是跟着董之滨出出入入多了，也可能是年龄大了的缘故，以前让她厌恶的饭局，竟然变得不那么讨厌。她甚至喜欢上了这些互相吹捧的热闹。如果哪天没有饭局，没有应酬，一下子闲下来，她倒有些不习惯，空荡荡的不知道干什么好。

周末，人人都在休息，都在陪家人，唯独曼珠无所事事。把助手叫回来加班，其实也没有什么事，她就是找个借口让别人回来陪着她。她是关起门来的慈禧太后。一般广东人习惯叫下属名字，她却隔着办公室大声呼唤小郑和小丁，像老佛爷喊小郑子和小丁子似的。七点钟早早地打电话给他们，说有什么十万火急的事情，要大家八点之前回到办公室。谁知道她自己化一个妆就要

十态

半天，往往要人等到十一点多她才姗姗来迟。时间长了，两个助手摸清了她的脾气，回来早了便在办公室上网看电影，恭候她的大驾。

曼珠变得越来越江湖，演技也越来越好。人家是逢场作戏，她是把生活当成戏，而且入戏很深，被人看出穿帮镜头来还浑然不知。她热情地跑去上海、南京、杭州商谈办杂志、办画报、办展览。一家出版社要办网站、搞论坛，她侃侃而谈，大发言论。事实上，她除了用微博外，一点也不懂网络，也不感兴趣。人生如戏，戏如人生。曼珠总算看透了，凡事没必要那么较真。她像一颗被打磨光滑的石子，原本的棱角消失殆尽。在圈子里混，总是同行相轻。曼珠自命为极具人文关怀和有丰富笔墨表现能力的艺术家，她看不起很多同行，却也被很多同行看不起。他们在互相看不起中纠结着一些利益关系。

这样过了几年，董之滨离了婚，和曼珠继续暧昧着、纠缠着，慢慢地老去。

没名没分地跟着董之滨，两人又不住在一起，董之滨只是偶尔到曼珠家过夜。曼珠极度缺乏安全感，性格也变得更加敏感多疑起来。家里请过的十几个保姆都不欢而散，受不了她喜怒无常的折腾。到最后，曼珠干脆不再请保姆了，一个人独居。但她是个怕寂寞的人，怕黑，夜晚要开着灯才睡得着。出差时，和助手睡一个双人房，开着灯，半夜还会把助手叫醒和她聊天。第二天清晨不到六点，她就爬起来发微博，助手见她一动不动地坐在床上，面无表情，有点像僵尸。

假如有一天，曼珠要死了，恐怕也会想着找个人来陪葬。她喜欢荷花，一生以荷花自喻，以为自己高洁、美丽，不食人间烟火，殊不知终免不了红尘俗世里的琐事。如同张爱玲说的，生命是一袭华美的袍，爬满了蚤子。随着年岁的增长，她再也没有心力去保持那样一个持久优雅的姿态了。她累了，暮年的丑态暴露无遗，嗑瓜子时会随手把壳扔得满地都是，什么优雅、高贵一如过眼云烟。

四

这两年，曼珠开始信佛。家里供奉着观音菩萨，终年香火不断。佛音细细地回响，地上铺着暗红的地毯。桌上的白花瓶里插着百合，两盏拳头大小的红灯日夜亮着。走进她的家门，会闻到淡淡的檀香。慈眉善目的观世音菩萨双手合十，大慈大悲地活在她的屋子里。每天清早，曼珠梳洗完毕，点香，对着菩萨跪拜，然后才外出。她希望自己的一片诚心能打动菩萨，保佑自己生活得舒心点，以后能走得轻松些。她常常想起自己得癌症去世的父亲，吃不下东西，呼吸也困难，生前的威风都没了，奄奄一息地躺在床上。日日

十恋

看着伸到窗边的树叶，由嫩黄变为浅绿，由浅绿变为暗绿，再由暗绿变为深黄，直至落下。有时还飘进屋内，落在靠窗的茶几上，仿佛听得见时间嘶嘶地流过的声音。曼珠怕啊，她怕自己有一天也那样病着，拖着，半死不活——还不如死得干脆一点！

有一段时间，家里闹老鼠，把茶几下面的瓜子吃得只剩下壳，房门背后的角落也有饼干屑。一开始，曼珠还是慈悲为怀地原谅作恶的老鼠。但是，很明显老鼠并没有感激她的不杀之恩，反而得寸进尺，越来越猖獗。大老鼠生了一窝小老鼠，青天白日里带着一家出来觅食，公然在厨房重地进出。她终于忍无可忍，到楼下的商店买了几包药以除鼠患。

一日，正午的太阳热辣辣地照在阳台上。曼珠惊奇地发现花盆旁边有一只将死未死的老鼠，战战兢兢不能动。屋里的钟点工正在做饭，饭香从厨房飘到客厅，曼珠大惊小怪地叫她过来看。钟点工想拿扫帚将老鼠扫走。曼珠立刻制止，口中念念有词，说要为老鼠超度。钟点工呆立在旁，莫名其妙。

可是，信佛又怎样，佛祖到底没有给曼珠一个安稳。一个神经质的女人，爱上另一个同样神经质的男人，注定是一个悲剧。她自觉出身高贵又如何，见了他，还不是变得很低很轻，低到地下，仍然仰望他。沉溺于爱情里的人，有时就是这样，自甘轻贱。她到老都没有搞明白，偏执的爱，最易叫人厌倦。

　　时间过得真快，一年又一年的。农历新年临近，楼下的街道两旁摆满了鲜花和盆橘。寒气中红的红，绿的绿，全然不顾季节的命令。因为天气冷，曼珠已经好多天没有出门了。这天，她突然想出去走走。搭电梯的时候，曼珠遇见一名浓妆艳抹的女子。她很早便留意过这个女人，住在曼珠楼下的1603房。二十七八岁的年纪，每天傍晚打扮得花枝招展出去，第二天清晨才披着残妆回来。她不认识曼珠，曼珠却见过她无数遍。但如此近距离的接触还是很少的，曼珠偷偷地打量她，涂很红很红的嘴唇，像半夜里咬过人的吸血鬼。

　　曼珠熟悉她是有缘由的。平日里，晨雾还没散开，曼珠站在半页淡蓝色的百叶窗旁边，看着她归来。有时候只有那女人自己一个人，有时候是男人开着车送她回来。每隔一段时间，就换一个不同的男人。曼珠记得，有一个五十来岁的男人是待在她身边时间最长的，持续送了她大约半年。直到有一天，一个中年女人堵在小区门口，见她下车，一下子冲上前去就是一巴掌，继而撕扯她的头发，劈头盖脸大骂狐狸精。之后，曼珠再也没见过那个中年男人。那女人搬走了，约莫三个月之后又搬了回来，送她回来的男人也换了别个。

　　在楼下逛了一会儿，起风了。街边的落叶被卷起来，断断续续地飘落在不远处。曼珠整理了一下自己的围巾，以防风灌进领口里去。她的姿势，像要揪住如北风一样凛冽而逝的时间，揪住时代的尾巴。无奈岁月不饶人，她已经没有那个力气揪了。尽管拼尽一生的力气，仍然被抛弃，被远远地甩在时代的后面。等待她的，是未知和死亡。

五

岭南的春天来得特别早。珠江边的木棉花正是开得如火如荼的时候，董之滨终要再娶。这个曼珠为之抛弃一切的男人，终究还是负了她。然而爱了他大半生，爱到老，爱到没有力气爱了，她心里想的念的还是他。

硕大的木棉花像火球似的。花期还没有完全结束，却一朵一朵像重锤般敲砸下来。董之滨被查出肝癌晚期。尽管他躺在医院，结不成第二次婚了，但负了曼珠还是不争的事实。她瘫坐在藤椅上，看着阳台外面鸡蛋黄般的夕阳，一滴混浊的泪慢慢地从眼角顺着脸庞滑落。她恨他，可还是爱他，也只能依附于他。杭州是回不去了，那里没有她的家。南京的女儿家也不接纳她。曼珠好像走进了一个死胡同，前面是一堵墙。没有前路，后退也不能，只能停滞着，久久地停滞着。

2013年意林杂志社首届意林杯"寻找张爱玲·寻找三毛"文学大赛短篇组二等奖获奖作品

寂寂深居

一

春日的午后，淡黄色的阳光懒洋洋地照在略显破败的旧式小区。正是下午三点，很多居民都在休息。小区门口两旁木门紧闭，静得只听得见走路的脚步声。方格的青石板砖早已被行人磨得光光滑滑、干干净净。直望过去，不见小巷尽头，转一个弯又是相同的格局。

一个肥胖的中年女人提着一只保温汤壶从钟老太的屋里出来。别人走起路来是婀娜多姿、迎风摆柳，她走起路来是山雨欲来、地动山摇。别人是死后重于泰山，她是活着就达到了这个境界。这天她化了妆，厚厚的粉扑得分外不自然。脚步声在午后寂静的小巷回响，逐渐消失。这是钟老太的儿媳妇，平时一个月都不来一次，钟老太病了之后，她隔三岔五地送汤过来。

这一带住的多数是广州本地人，寂然的小巷是周围被城市化吞噬后仅存的硕果。房子普遍比较低矮，最高不过四五层，逼仄的巷道两旁不甚有序地摆放着一些盆景，零零散散地生长着。也许光照不足，长势并不旺盛，即便在春天也长得稀稀疏疏的。绿得杂乱不一的叶子上闪着微弱的光，地上还有一点浇花时溢出的泥土。朱漆的木门已经陈旧斑驳，暗红的油漆在年深月久中剥落。

钟老太在这里一住就是几十年。房子是旧了点，却自有一种古朴的韵味。左边的邻居在阳台种了一盆茉莉，几朵雪白圆润的小花掩映在翠绿的叶子间，在春天的阳光中芬芳扑鼻。右边邻居的阳台上，花多叶少的三角梅生得旁逸斜出，红红的一大片春光外泄。而钟老太的阳台只种了些绿油油的韭菜、葱蒜和芫荽，没有任何花朵。对面住着一对老夫妇，透过防盗网能看清阳台堆满废品，主要是一些饮料瓶和易拉罐，上面挂着一排长短不一的衫裤，在午后的微风中晃荡。

小区很安静，偶尔能听见远处的车声遥遥地传来，一阵阵，细微的，在晚上听来愈加显得夜深人静。半夜起床上洗手间，可听到隔壁失眠的老人在念经，或者捏压白天收回来的废品。"啪啪"两声，矿泉水瓶、可乐罐就扁了。未到清晨六点，水龙头放水的哗哗声、砧板上咚咚的剁肉声和油锅里刺啦的炒菜声，此起彼伏。有钱的年轻人买新房搬走了，剩下这些老弱残兵守候着他们生活多年的家园。

每天早上，楼下的公交车站总站出长长一条人龙，大部分是老人。他们年纪大了，退休没事干，一大早就倾巢而出，三五成群地去喝早茶或晨练。一连串的"老人免费卡"和"老人优惠卡"提示音传出，前排的位置很快被他们占领，后来者见座无虚席便只能拼命往后挤。车上的广播提示："尊老爱幼是中华民族的传统美德……"寥寥无几的年轻人幸运地获得了后排靠窗的位置，头顶上的空调呼呼直吹，又吵又冷却丝毫不影响他们戴着耳机闭目养神。这是最不受老年人青睐的位置，年轻人乐得不用让座，可以安心打盹。还未彻底睡醒的人站着打呵欠，把嘴巴尽情地张得大大的，"喔喔喔"地把声音拉得老长老长，由高潮到低谷，全然不顾仪态是否雅观，是否整个车厢的人都会听见。

老城区的老年人是出了名地多，公车沿线不断有老人上下车。上班高峰期的车厢拥挤不堪，路况也堵得慌，直叫人发急。可蜂拥而上的老人永远不甘于在家做宅男宅女，老态龙钟地站在年轻人面前，颤巍巍地令人不好意思不让座。也有执拗的年轻人视若无睹，执意不肯起身，导致老人大战小伙子的事时有发生。

相比于公共汽车，在人山人海的地铁里，老年人则少了许多，皆因地铁早高峰时期，他们连挤上去也成问题。有些赋闲在家的老人，想找点事干，他们通常站在出闸处旁边，手里捧着一大沓地铁报。他们不是在兼职卖报，而是看到手里拿着免费报纸出站的乘客就上前回收。他们穿梭于人流较旺的站点，在走道、电梯和闸口处站成一道独特的风景线。其实这些废报纸卖不了几个钱，打发时间才是他们的目的。

早几年腿脚还灵便的时候，钟老太也会跟着大部队去爬白云山、喝早茶，甚至一度加入地铁里回收报纸的队伍。如今她彻底沦为时间的俘虏，病痛缠身，想走远一点也有心无力。迫于现实，闲暇无事她只在家看看电视，年年月月日日像影子似的沉在时间的河流里。若哪天走得远一点，多是因为病痛得上医院就诊。

二

初春的天气很不稳定，忽冷忽热。感冒发烧的人很多，连社区医院也人满为患。好不容易躲过了去年冬天的流感大暴发，钟老太却折在了这个初春。一连两个星期，感冒咳嗽反反复复不见好。她的脸色就像这阴沉沉的天，而且是刚下过雨的天。医院走道湿漉漉的，有轻微的污迹，人来人往。鞋印被清洁阿姨用拖把抹去了，又被走过的人印上，消毒药水味充斥在空气中。快中午时，很多病人看完病都回家了，钟老太还百无聊赖地在诊室门口的长椅上候诊。不远处的注射室里不时传出护士叫人打针的声音，喊了好几声没人应，一位年轻的护士走到门口又大喊了一声患者的名字，卫生间方向才传来一个老头的声音："来啦！来啦！"一边走一边抱歉地说，"不好意思，去上厕所了！"护士看了他一眼，淡淡地回了两个字："打针！"老头像一个被责备的小孩，诚惶诚恐地进了注射室。

等到钟老太看完病出来，已是午饭时间。病中胃口不好，她懒得买菜做饭，从医院出来就直接去吃粿条。街口有一家汕头牛肉火锅店卖的牛肉丸粿条味道很不错，她经常去光顾。附近的上班族也一窝蜂地拥过来，围得水泄不通。店面不算大，里面热气腾腾，人声鼎沸。收银台设在门口，先付钱后吃饭，等候的人排成长龙，生意旺得不行。店里挨挨挤挤地坐满了人，周围的食客换了一拨又一拨。钟老太诡诡然地吃着，也不觉得自己在一众年轻人中会显得突兀另类。

药后味蕾寡淡，她在粿条汤里放了很多的沙茶酱，慢慢吃，一吃就差不多一个钟头。时间已到两点，上班族差不多走光了，她还在那里。门口有两个小孩，是店主的子女，正坐在两个纸皮箱里玩耍。他们的父母无暇顾及，只是间或望一眼，看他们有没有走去道路上。往来的车辆是不多，可危险是无处不在的。门口收钱的老板娘留着一个爆炸式的发型，目光牢牢地把小孩控制在视线范围之内。钟老太看着他们在纸皮箱里钻进钻出，玩得不亦乐乎。

这里一年四季季节分明，有绿叶长出，也有黄叶落下。在这乍

十恋

暖还寒的时节，紫荆树的叶子薄薄地铺了一地。落叶被风卷着在地上翻转几圈，像无脚的鞋走走停停飘了几丈远。它们没头没脑地任由风卷到这里、卷到那里，身不由己。然而走得再远，早晚也得让环卫工人给扫了去。店主的孩子一边嬉戏，一边发出阵阵笑声，像刚长出的嫩叶，等待他们的是无限明媚的春光。而暮年的老人，他们已是泛黄的树叶，不知道哪一天就敌不过季节更替的残酷，恓惶地随风飘落。

早上一直散不去的薄雾此时已经散去。午后孱弱的太阳悬在灰蒙蒙的天空，大城市的春日是如此苍淡。远处高楼上的玻璃反射着日影，白茫茫的一片。街道两旁的绿化带、天桥防护栏，一条条花带蜿蜒伸展，花儿在散淡的日照中开得如火如荼。尤其是那泛滥成灾的三角梅，开得密密麻麻，红红的一路烧过去，烧到天边，变作晚霞。钟老太回到家中，泛白的光影穿透淡蓝色的窗帘照进来，伴着流动的空气轻轻晃动，破碎的光摇曳着散落在房间的地板上。守在家里的松狮犬见她回来，立刻摇头摆尾，乖巧温驯地围着她转来转去，贴心得像一个黏人的小孩。她赶紧张罗狗粮喂饱它后，才轮到自己吃药、睡觉。

三年前，钟老太的丈夫因为购买古币和字画被骗了一百多万元，最后郁郁而终，剩下她一个人孤零零地活着。从那以后，她变得更加不爱说话，终日深居简出，闭门谢客。早几年钟老先生尚在世的时候，两人晚上还会到附近的公园散步，看人家跳广场舞。现在她的人生已经删繁就简，很多不必要的活动被她大刀阔斧地砍掉。除了到楼下遛狗，她很少走出家门。这条松狮犬养了差不多十年，老了，毛掉了又长，换了一次又一次。自从老伴走后，独留它与她相依为命。

醒来时钟老太习惯性地看了看墙上的挂钟，已是傍晚六点十七分。从黄昏的窗望出去，天还没全黑，又下起了毛毛雨。暗沉沉的街道笼罩在微雨当中，格外冷清。初春的风仍有点寒飕飕，带着潮湿温润的气息扑面而来。冬天的确是过去了。她打开电视机，把音量开得很大。屋里充斥着清凉刺鼻的祛风油的味道，直冲门外。

送煤气的人来了。听到敲门声，松狮犬激动地露出雪白尖锐的牙齿，"汪汪汪"地吠个不停。它的脖间绑着绳子，一双骨碌碌的黑眼睛透着凶狠，对这个不速之客保持警惕。钟老太柔声喝道："别吵！"隔着铁门，明知它不可能钻出来，送煤气的还是连退两步。

路灯在暮色中亮了，映衬着两旁门窗一片昏黄的灯光。送煤气的脚步声远了，幽幽的小巷在微雨中更显冷清寂静。这个时刻，生命的渺小仿佛被压缩到永恒的一瞬间。万盏灯火的城市，每一家的屋内都很明亮，电视准时地报道着今天世界各地又发生了什么。钟老太一边听着电视，一边打开冰箱看看有什么可吃的。墙上的挂钟嘀嗒嘀嗒地走着，忠诚地记录着她每一个平淡的日与夜。

三

钟老太的全名叫钟淑芳，除了看病时有人这样叫她之外，很少有人会直接叫她的名字。她像其他普通的老妇人一样，被年轻的后辈尊称为钟阿姨、婆婆或奶奶。人家说广州美女少，可是与她差不多岁数的熟人，如果还在世的话，都知道她年轻时是个美人。美人身上发生的故事自然比较多。她被历史的洪流裹挟向前，受过饥，挨过冻，下过岗，还被人抛弃过。当红卫兵、批斗地主、下乡做知青，后来回到省城的供销社工作，结婚生子。再后来惊天动地的改革开放，波澜壮阔的市场经济大潮席卷而来，她下岗失业，自己开早餐店卖肠粉。在那些一夕数惊的年月，她不曾觉得口了冷清。现在和平盛世，隔着不到两条街就是广州最繁华的步行街，她反而觉得有一种异样的孤独。

几十年来，钟淑芳看着自己生活的这座城市发生翻天覆地的变化，城中村改造、房屋拆迁、土地征收，搬走了的人又搬回来，成为千万富豪。千千万万的外地人潮水似的涌进她生活的这座城市，一栋栋高楼拔地而起，一条条天桥横跨街道的两端，唯独珠江水千百年来滔滔不绝地流入南海。政治大事、自然灾害，与她有关的无关的，国内国际的，发生在身边或在电视上看到的，哪一样她没有耳闻目睹？可不是都记得清清楚楚吗？

早两年的股灾，多少人损失惨重，有些老人连棺材本都赔出去了，但钟淑芳是没有的。她不投机取巧，不妄想发横财，只管自顾自地过着安稳的小日子。即使儿子买了新房，搬出去住，女儿嫁到深圳，她也很少去。世界风起云涌，年轻时的朋友老的老，死的死，疏远的疏远，好像都与她无关。在动荡的年代，一切都变化得太快。美丽的容貌没有带给她福气，也没有带给她祸害。她没有乱世佳人的命，没有成为人们的美谈，没有在历史上留下不可磨灭的印记。在和平年代，她在时代的洪流中仍亦步亦趋，自己美自己的，空负了老天爷赏赐的美貌。她在时间的隧道里摇摇晃晃地走着走着，走成一个普通的年老色衰的妇人。她好奇地学着年轻人玩玩微信，和外孙女视频聊天，教女儿如何搭配食材煲汤。这个飞速发展的时代，对她而言好像也没有怎么样。

对于从前的事情，钟淑芳很少向人提起。她一直是那种温开水似的隐忍的性格，即使受了创伤也是任由它随时间慢慢愈合。她不倾诉，不号啕，像一枝花似的长大，像一棵树似的老去。都这么些年了，她仍然记得十六岁时，那个男人在秋天雨后的黄昏，在杨桃树下跟她道别。他要去当兵了，一再说会回来娶她，然后她的眼泪就像树叶上的雨水簌簌往下掉。长长的两条麻花辫垂在胸前，她不停地用手揉那发梢，像电影里分手的情侣。后来的结局不尽如人意，他带着媳妇回来，她已经嫁作人妇。再后来，他当上了公安局长，她知道自己没有做局长夫人的命。所以很早她就明白，有些人一旦转身别过，便是一生一世。

四

轰轰烈烈的时代洪流奔涌向前，钟淑芳像一块安静地沉在河底深处的石块，缓慢地被泥沙覆盖。送报员每天把报纸塞到门口的信箱，她买菜回来时顺便取出。午后吃完饭就戴上老花眼镜，坐在淡黄色的藤椅上一张张地翻阅，发出窸窸窣窣的声音。现在看报纸的人越来越少了，街口的报亭可以买的报纸也越来越少，每隔一段时间就有一些报纸因休刊而买不到。报亭里摆放的饮料品种倒是越来越多，老板叹息着说靠卖报刊赚不到钱。大家都看手机去了，微信、微博，各种新媒体，世界上有点什么风吹草动，一下子就全知道了。

世界变化得真快啊！只剩下像她这样的老古董仍然保留着每天看报纸的习惯，慢慢地落伍，慢慢地被社会淘汰。不过她也只是有点落寞、怅惘地望着这个她越来越陌生的世界，安然地接受现实。像这个时代无数的老人一样，不管时间的河流如何波涛汹涌，她自顾自地沉睡在河床深处，任往事如烟、沧海桑田，任世事变迁、日新月异。

2018年第二届深圳红棉文学奖二等奖获奖作品，原载于2018年12月第6期《红棉》（总第20期）

茧 居

一

广东的冬天时冷时热，飘忽不定，却也过去得比较快。整个冬天，公园的鸭子几乎都躲在芦苇丛里，很少见它们的踪影。偶尔出来觅食，也是来去匆匆，忽闪就不见了。天暖的时候，它们露面的时间才会长一点，一起很亲密地蜷缩在水位下退后显露出的烂泥碎石上晒太阳。太阳也暖烘烘地照在魏维佳身上，他有一种"日色冷青松"的感觉。

维佳给人的第一印象是瘦削，像一株终年不见阳光的植物，细脚伶仃，瘦得缺斤短两。那豆芽似的身材，很容易叫人误会他是个久病不愈的厌食症患者。因为很少出门，他的皮肤比很多女孩子还要白皙，双手又白又嫩，典型的十指尖尖不沾阳春水。他纤柔的脸颊有几分女性美，显而易见的阳刚气不足。而像羊驼一样又细又长的脖子，真让人担心风大一点就会被吹断。他留着时下小青年最流行的蓬松卷发，戴着的一个银光闪闪的耳钉，在凉森森的房间里闪闪发光。

　　天气好时，维佳也会出门，看看外面明亮的世界。只有当阳光狠狠地打在身上时，他才觉得自己还有一丝活气。这个百无聊赖的午后，他又到附近的公园散步了。公园人不多，异木棉开得杀气腾腾，一簇簇地相拥怒放。纤长的花瓣稍稍翻卷，像被灼伤的样子。一棵高大的白玉兰繁花落尽，看样子有上百年的树龄。几棵木棉树，树叶掉光了，光秃秃的树枝东南西北地指向冬日的蓝天白云。高大的榕树依然枝繁叶茂，盘根错节。一条条气根直直地往下垂，直至伸到地面，又插入泥土里。然而根须太多，像因竞争激烈而扭曲着，错乱地绽露出地面，又像泥土太硬无法往地下深处延伸。几个工人正忙着给树脚涂上洁白的石灰浆，帮助树木杀菌灭虫和保温防冻。

　　维佳走得很慢，东瞧瞧西看看，眼神好像无处安放。他走走停停，简直就是踱步。素日里他几乎一天到晚戴着耳机，不是在玩游戏就是在刷短视频，就算不是聋人也像聋人一样，别人跟他说话总要重复多次，等他摘下耳机才能顺畅地沟通。这天他居然忘了戴耳机，没有东西与外界隔着距离，安全感顿失。他隐隐听到后面有人说话，对方仿佛说着什么有趣的话题，不时发出阵阵笑声——兴高采烈的、有点豪放的女人的笑声。三个嘻嘻哈哈的中年妇女并排打他身边走过，听口音是外地人。

十态

他很清晰地听到中间穿红衣服的胖妇人一路走一路分享她的艳遇："你们知道吗？上次那个导游挺帅的，临走之前的那个晚上我把他给睡了，哈哈哈……"另外两个妇人会心地哈哈大笑，羡慕万分地问："怎么样怎么样？"那胖妇人不怀好意地嗤笑，瞟了一眼发现旁边有人，便压低声音告诉她的女伴们。几个女人笑得花枝乱颤，东倒西歪，差点扑成一团。旁边的异木棉仿佛被她们的笑声震到了，落了一阵又一阵的花雨。他看着她们一边聊一边走，直至消失在道路的拐弯处。

远处的建筑工地轰隆隆地正在开工，围蔽的挡板上大大的社会主义核心价值观：富强、民主、文明、和谐……几年了，对面的城中村还没改造好，整天尘土飞扬地在建设。附近在建地铁站，打桩机像机关枪似的嗒嗒嗒地又挖又钻，不停不休。整个城市都在大拆大建，就像一个大型的建筑工地，昼夜不息地敲敲打打。这座城市在不断发展，很多地方越变越繁华，他所在的这一带反而越来越萧条。外地人好像少了许多，曾经火爆的商业区变得很冷清，很多店铺都贴有"旺铺转租"的告示。就连这公园也不知道是怎么回事，荷花池快干涸了，枯枝败叶倒卧着，满目疮痍。

树荫下的石椅摆了十几年，先前一直没有人打在上面做广告宣传的主意，最近全部在最显眼的位置刻上某某工程公司或某某园林设计公司捐赠的字样，也不知道是真是假。这些石椅在风吹日晒之下已被洗刷得古朴厚重，望着那些新刻的字，维佳只觉得突兀和碍眼。就好像看着一件年代久远的古董，突然被刻上"某某制造"似的。

天真的冷了，热闹了一个夏天又一个秋天的公园人声寥落。荷花池"荷尽已无擎雨盖"，此时的水位已下降得非常明显，但很多看不见的微生物还在池底的烂泥污水里浸泡着，腾腾升起的水汽夹杂着轻微的腥臭味。一年到头常绿的阔叶树也落叶了，绿的黄的叶子在风的扇动下成群结队地飘下来，落在地上还被风卷着走，沙沙作响。然而走到池塘转角的地方，微风中飘来一缕浓郁的桂花香，令人心旷神怡。池边那片桂树还在开花，寒气中冷香冷香的。

回去的路上，维佳失魂落魄地走着。经过一家医院门口，看到一个与自己年纪相仿的外卖小哥一边焦急地来回踱步，一边用嘶哑崩溃的声音喊："快餐！拿快餐啊！还要不要？还要不要？到底还要不要？"走了很远，维佳仍听到他在喊，大概因为疫情防控进不去，点餐的人又联系不上。毕业这些年，维佳几乎没有任何工作经验，连实习的经历也不多。难道也像这个小伙子一样去送外卖？他不敢想象每天骑着电动车穿街过巷，风里来雨里去，还要低声下气的生活。

日影偏西，暮色降临。为迎接创建文明城市的检查，整座城市到处都是新贴的公益广告，在暮色中依稀可辨。路灯亮了，住宅小区、公园景区、公共广场、商场超市、建筑围挡……随处可见大同

十态

小异的宣传标语。千篇一律，能贴的地方无一幸免，毫无特色。走着走着，维佳走到了一个大型购物广场。新冠病毒肆虐后，大家已习惯了在公众场合戴上口罩。迎面走来一对年轻的夫妇，推着婴儿车正慢悠悠地逛着。他们戴着严严实实的口罩，可坐在婴儿车里的孩子却毫无防护。小家伙好奇地看着周围琳琅满目的商品，对自己身处的险境浑然不知。

二

从商场里转了一圈回到小区，维佳走在红板砖的小路上，两旁的花木在夜色的掩映下影影绰绰。一盏路灯坏了，忽亮忽暗地闪着。孱弱的灯光把他的影子一会儿拉得长长的，一会儿又缩得短短的。在这长长短短的剪影和忽明忽灭的灯光里，好像有什么被风干了。天黑了，楼上搞装修的声音终于停了。最近不知道谁家在装修，呜啊啊、哧哩哩地切割装饰材料，响完一个上午又一个下午，只有午饭的短暂间隙是稍做休歇的。然而彼落此起。入夜时熟悉到不能再熟悉的歌声响起来，那是不甘寂寞的大妈们在跳广场舞。

维佳从家里的阳台望出去，大妈们打扮得鲜艳夺目，伴着火辣辣的音乐舞得热火朝天。围观的大爷和未能上阵的大妈则带着孙子孙女看得津津有味。这些大爷大妈，清早太阳还没升起来就在那里舞刀弄剑、打太极。天一黑又蜂拥而出，翩翩起舞。维佳特别厌烦他们制造噪声，可看着他们活力四射的样子，又仿佛该羞惭的是他自己，年纪轻轻连老人家也比不上。他对自己不是失望，而是绝望。

他房间的窗户朝西，早上永远不会有阳光把人照醒，凉森森的，很适合睡懒觉。灯光下，桌上一排参差不齐的瓶瓶罐罐，是各种牌子的护肤品和香水。从头到脚，各个部位所需的一应俱全，弥漫着一室幽微的香气。他曾经很注重自己的形象，每天的护理工作必不可少——早晚各一次悉心梳洗涂抹，每次至少半个钟头以上。

有一次，深夜洗完澡，他在房间里捯饬半天，父亲在客厅看英超直播。正看得激动人心的时刻，他敷着一块黑不溜秋的面膜，从房间轻手轻脚地出来拿东西。在电视机显示屏半明半暗的光影前经过，任何人骤然看到这么个人影冒出来都要着实吓一跳。那张尖尖的脸呈墨黑色，露出来两只忽闪忽闪的眼睛，像夜晚森林里狼的发光的眼睛，触目惊心，很是诡异。

男人若爱美起来，恐怕真没女人什么事。他像有些爱美的小男生一样，女人有的护肤品他们差不多也有，难怪如此皮光肉滑。他们的心态是，即使不用大摇大摆地出门，不用为悦己者容，也可为悦自己容——自个儿瞧着镜子欣赏同样舒心满足。爱美之心、重视程度，令很多女人自愧不如。现在呢，维佳连这点喜好也没了。

十态

每当夕阳斜斜地照进来，他从午睡中苏醒后，就光着身子在房间打游戏。大部分时间，他都不穿衣服，仿若感觉不到自己的存在。摸着自己的身体，摸着自己的皮肤，但哪块是自己的呢？他不知道。衣柜里有很多衣服，他穿过一次就不怎么穿了。打扮得再帅气，也没有人欣赏，父母对他那些奇装异服只有厌恶，只会皱着眉头说他不伦不类。他们常常说如今有些女孩子反倒长得雄赳赳气昂昂的，非常英气。邻家有个女生，比维佳还要小几岁，平时往男人面前一站，大有一夫当关万夫莫开的气势。反观难得看到的几个长得高大肥硕的男生，却一副小鸟依人的做派。

维佳读书时偏科很严重，理科怎么学也未能开窍，只好加倍努力学习文科，幻想被某个文科大学破格录取。后来实在学不进去，压力大到受不了，便死活不愿去学校。冷战一段时间后，父母只得给他办了休学。当时还在世的爷爷得知后更是被气得脑血栓入院。对于工薪阶层的父母来说，理想的人生道路就是考上大学，找个好工作，不上学就相当于变成废人。"退学？退学你能干什么？"面对父亲的质问，维佳说他可以在家专心写小说，总有一天也会像韩寒一样，功成名就。"想成为第二个韩寒？简直不切实际！"父亲嗤之以鼻。其实连维佳自己也觉得这个借口牵强得没有成立的现实基础。可在那个当口，他唯有去追寻一个缥缈的文学梦，也比迎接一场大概率结局惨痛的考试要好得多。

第二年，他的文学梦仍然只是个梦。在各种压力下，他半推半就地复学了，也最终考上了一所普通的大学。四年后，他又借着追求理想的名义深居简出，复习考研。除了外出参加培训班，几乎都是在家看似专心地看书。但一而再、再而三的考研失败，把他的信心打击得支离破碎。他常常躺在床上，思考以往的读书经历。为愁云惨雾所笼罩，想找回自我，却"只在此山中，云深不知处"。

他胆怯、懦弱，想一直躲在象牙塔里。考研，是因为惧怕面对社会，以此借口来逃避职场的残酷竞争。即使真的考上了，毕业后的去向对他来说也是模糊不清的。是留在学校做老师，还是去科研机构继续搞研究？或者考公务员？他根本不知道自己要是真的从事了这些工作，会不会过得快乐。他只知道那些工作是体面的、受人尊重的。想进那些单位也并不容易，同样要面对考试，而他从来不是拔尖的人，学习也三心二意，不求甚解。他没有信心，况且现在的研究生那么多。从小到大，每次临上考场他便信心不足，想临阵脱逃。屡战屡败的挫败感让他彻底恐惧了考试这个词。他放弃了，死心了，像一个坐以待毙的俘虏，等待审判、裁决。

然而，不得不面对求职的现实。他开始在网上投简历，去不同的企业参加面试，磕磕碰碰地最后在邻居的介绍下去了超市做收银员。本想骑驴找马，一边做一边物色新工作，可是他收银员的工作太无聊，干了不到一个月等不及找到新东家就辞职了。而后，他像一只找不到落脚点的小鸟一样跳来跳去，陆陆续续待过几家不同的公司，但都没有过试用期。再之后，他便一直宅在家里，将自己局促在一个狭隘的空间，几乎与世隔绝。

三

　　在家的最初时日，维佳觉得掌握了生活的主动权。之前超市的一个同事辞职后开了一家网店卖化妆品，他也想走这一条路。而这个想法却激起了家人的强烈反对，因为整天待在家里少与外界接触，很容易跟社会脱节。父母希望他走出去，谋一份稳定的工作。但他还是执意开了网店，不过没有方向，不知道卖什么好，便向那个同事讨教，也学着卖化妆品。开头的半年他很有热情，学着修图、写文案、做推广，和同行分享经营心得，还花钱或送小礼物找熟悉或不熟悉的人帮忙刷单。然而时间长了网店的生意仍没有起色，慢慢地，他也就心灰意冷了，对电商这条出路兴味索然。

　　网店半死不活，他调整方向去学着别人写作，开通了一个又一个自媒体账号，专门买新媒体运营和文案写作的课程来学习，参加"大咖"老师们的线上培训。可是通宵熬夜写成的文章发布出来，阅读量少得可怜。微信公众号、今日头条号、百家号、搜狐号、网易号、企鹅号……他用大量时间和精力打理的那一个个"号"像一块块寸草不生的荒地，几乎无人问津，更别说有评论和打赏了。大师们教授的所谓营销攻略似乎行不通，他怀疑"十万+"的目标这辈子也实现不了。于是，他又转场去直播平台做主播，打扮得奇形怪状，又唱又跳地妄想一夜爆红。而所有这些，都被父母视为不务正业。经过一通折腾，他对这些出路统统感到绝望。他拒绝所有赚钱机会，包括帮一家外贸公司做产品翻译的一份兼职，以致成为真正零收入的无业游民。

自从爱上打游戏之后，维佳清醒的时间几乎全被电脑游戏吞噬。房间堆满漫画书籍、游戏卡带，还有凌乱的衣服。他用过度的爱好占据自己的时间，用大量的物品填充多余的空间，以此逃避自己的社会性失败。他的睡眠时间逐渐被剥夺，越睡越晚，昼夜不分。每天不管什么时候醒来，第一件事就是打开电脑，然后在游戏中大杀四方。他可以一个月不出家门，一心沉浸在游戏的虚拟世界里。该吃饭了，奶奶就会将饭端到电脑旁。父亲看不下去，为了阻止他玩游戏，掐过电线，断过网络，他便愤怒地砸破家里的玻璃窗。父亲和他冷战，母亲背着他唉声叹气。维佳初时十分敏感，听到叹气声就忍不住发火。时间长了，父母也觉得无能为力，只得任由他自生自灭。他心如死灰地在家里待着，像一具行尸走肉，不知道未来能干什么。

十态

一般人年纪大了千帆看尽才开始为人生做减法，像演员刘雪华，年轻时是街知巷闻的"琼瑶女郎"，风头甚劲，年老隐退后就很怕出门。她说自己住在上海十几年，出门次数不超过十次，家里的电视一天二十四小时要不停地开着。听着有点像隐居洛杉矶的张爱玲，晚年时期也如此，深居简出，闭门谢客，每天开着电视睡觉。维佳"正当妙龄"，风华正茂，却也如此这般类似，家人邻居都觉得不可思议。

在家时间越久，维佳越觉得自卑，勇气一点点地从他身体里消失。他不洗脸，不理发，不洗澡，整个人不修边幅，身上散发着异味，像一个玩着现代游戏的原始人类。对着电脑时间长了眼睛痛了，他就站在阳台望着天空，沉默着，出了神。他感到这城市的天空是那么空，连飞鸟也没有，只有遮天蔽日的霾，看不到阳光，看不到希望。他没有出门的欲望，如果大人不在家做饭，他就叫外卖。偶尔会穿着睡衣，脚跶拖鞋到楼下拿快递，像游魂一样。回来又继续玩游戏或守在窗前，看夕阳西下，看天一点点变黑。慢慢地，他的心里也随着这天黑了，而且不会有星星和月亮，黑得看不见希望。最后，仿佛堕入无底深渊。

到了第二年，维佳的意识变得混乱，整个人失去了精气神。他本身不太喜欢社交，觉得是一种负累。上学时他就习惯独来独往，在家以后更是断绝了跟朋友的联系。但随着时间的流逝，喜欢独处的维佳也体会到无法忍受的孤独。这种孤独感令他窒息，促使他格外渴望与其他人产生联系。越是这样，他越是像陷入不能自拔的泥淖，人生轨迹变得越来越逼仄。

他在网上认识了几个境遇类似的网友，有找工作不顺的，有碰到感情挫折的，有遇到校园霸凌的，还有跟他一样考试屡战屡败的。其中一个据说还是个博士，不过给人感觉像《儒林外史》里中举的范进一样神经兮兮。他们都是常年在家，生活圈子狭隘的人，不工作、不上学、不交朋友、不婚不育，每人心里都横亘着一道迈不过去的坎。从网络游戏《英雄联盟》得到灵感，他们自称为废柴联盟，像恐怖电影《小丑回魂》中那七个受欺负的小孩组成窝囊废俱乐部一样。

前两年，不少亲戚都来劝说维佳出门找工作，叫他年纪轻轻的不要在家啃老。他起初还会激动地反驳，甚至怀疑他们的苦口婆心和善意带有嘲笑的成分，后来就不再去理会这些声音了。他记得加缪说过："我知道这世界我无处容身，只是，你凭什么审判我的灵魂？"家人的失望、邻里的非议、其他人异样的目光，他并不是不知道。他也知道逃避很可耻，但他无能为力。他不是对这种画地为牢的生活上了瘾，而是不知道挣脱这种生活后该何去何从。世界上那么多路，他却无路可走。世界上那么多人，他心里那么多积郁，却无人可诉。

四

　　小区花园种满了金鸡菊、三角梅、九里香、鸡蛋花、银桂，还有其他很多不知名的花花草草，争奇斗艳。春天有色彩浓烈的黄花风铃木，夏天有芬芳馥郁的茉莉，秋天有香气逼人的桂花……偶尔到楼下走走，花开得越灿烂旺盛，他越觉得寂寞深锁。特别是那蜿蜒攀爬在墙脚屋角的三角梅，千树万树红花开，不论哪个季节都落英缤纷、春深似海。紫荆花也是不甘落后的，红的粉的开得像厮杀似的惨烈，片片花瓣被风摇落，一地乱红。小径上、草地上，满满的残花败叶，别样的凌乱美。

　　一个凉亭和廊道顶上，爬满了茂密痴缠的金银花。金银花，又名忍冬花，在广州不算太冷的冬天，更是无畏无惧地青翠欲滴。而维佳是那冬日里赤条条的鸡蛋花树，站在万紫千红当中，显得垂头丧气，不够自信。不远处，几个老太太坐在凉亭的石椅上聊天，一个老头背着双手从廊道的另一头走过来，从容地经过她们面前时，只点头微微笑了一下，大家都不开口打招呼。

　　微博上又有人贴出网络红人罗玉凤在美国的近照，并用了一个很醒目的标题来赚人眼球。他想起罗玉凤曾自嘲："青春就是拿来挥霍的，我现在正在挥霍青春。"爆红之后，她没有选择原地等待命运，而是去了美国继续创造人生。维佳对父母说也想到国外闯荡一下。但他们不仅不同意，还说他一事无成，与他年纪相当的人都已结婚生子了，而他还异想天开要出国。为此，他抑郁了大半年，更加疯狂地沉迷在游戏的世界里，对未来没有任何计划。等他终于从抑郁的阴影中走出来时，对出国、工作等所有事情也失去了兴趣。家里人看他萎靡不振的样子，反过来劝他去国外历练一下。他默然不语，不想动了。

月亮圆了一回又一回，外面的树叶绿了又黄了。这日秋风敲窗，凉丝丝的，一个久违的同学突然在微信上问他要秋天的第一杯奶茶，他莫名其妙。他几乎是与世隔绝的，除了堂姐带女儿回娘家时会顺便来看他。小女孩才四岁，见了他就"舅舅、舅舅"地叫，特别亲。因为很少跟外面的人接触，这个外甥女的到来总能带给他一丝快乐、一丝暖意。他还是木木的，但听到她吧啦吧啦地说话，才感觉这个家充满生气。小女孩很喜欢画画，来了就拿着画好的画跑进他的房间给他看。他即使在玩游戏，也会停下来看看，听她讲学校里的事，讲她的老师和同学。很热闹的一个小女孩，不像他，自小就不怎么爱说话，见了陌生人总是怯生生的。

老家的三叔来电话，说爷爷去世了。那天是农历十一月十九日，元旦假期的第二天。车在高速公路上飞驰，大家都没有说话，只见前方天空上一轮又大又圆的微黄的月亮。车朝它开去，它好像又不断往后退，不断接近却依然无限遥远。公路弯弯曲曲，月亮一

十态

时在左边，一时在右边，忽远忽近，与人间始终保持距离。它时而隐没于淡黑色的起伏的群山，时而直愣愣地悬挂在路的尽头。车外风声呼啸，车内温暖如春。车轰隆隆地行驶着，两边的路灯飞快地往后退。夜静更深，只有语音导航在播报着行驶路线，远山似乎潜伏着静静的杀机。他想着爷爷，眼泪在黑夜里悄悄滑落。他想爷爷一定是在无限懊悔中去世的，自责是他害了维佳。因为疼爱孙子，他给维佳买了想要的电脑，没想到维佳却沉迷网络。

春节就要到了，街道两旁的树都挂上了喜庆的红灯笼。过完年，楼下新住进了一个外地女人，身材矮矮胖胖的，脸上的粉厚得刀枪不入，好像是附近一家美甲店的员工。那天，她正和一群妇女在楼下的空地跳舞，非常生龙活虎。生活滋润了，这些妇女经常一起跳舞娱乐。她们伴着音乐节拍手舞足蹈，一会儿向左比一比，一会儿又向右挥一挥，再翩翩然转一个圈。然而维佳并不想多看。不完全是因为她们跳得缺乏美感，而是和她们一对比，更显得他消沉，没有活力，像个废人。

他关上窗，把聒噪的音乐连同她们的快乐挡在屋外，静静地听一首老歌："星的光点点洒于午夜，人人开开心心说说故事。偏偏今宵所想讲不太易，迟疑地望你想说又复迟疑……"他每到冬天就听这首歌，一遍又一遍，反反复复地听，特别喜欢这歌词和意境。像歌里那个寂寞的男孩，在吹着冬风的窗边思绪万千，他孤独、茫然、彷徨，看不到未来。他像一只冬眠的青蛙，躲在洞穴里隐居蛰伏。漫漫寒冬，长到好像怎么也熬不过去。屋子外面，楼下的路灯发出苍白的光，落叶在风中凄婉地旋舞。下雨的时候，雨丝在灯光的映照下美得动魄惊心。

五

　　元宵节那天，维佳把过年得到的压岁钱全拿来买了衣服。母亲说男孩子穿这样鲜艳不好看，怪他乱花钱："钱又不是刮台风刮来的，也不是捡树叶一样捡来的，你以为那么容易挣啊！"他不说话。父亲喝了酒，也隔着房间骂，说前世不知作了什么孽，宁愿生一块叉烧也不生这样的儿子。要知道会是这个样子，一出生就应该掐死，一了百了。一年又一年，父亲恨铁不成钢的眼神，母亲幽怨的叹息，他不是没有在意过，也不是没有想过重新振作。可不知道为什么，总像一摊稀软的烂泥，没有更强的心理力量支撑他告别这种委靡的状态。渐渐地，他心里掀不起任何波澜了。母亲看见他颓废的样子，有一次忍不住说他像被软禁了一样。他默然，在家的几年他就是在自我监禁。这个家就是监狱。

　　维佳听说过一个真实的故事。有个日本男子因为高中的时候遭受霸凌而产生了心理阴影，整整二十七年没踏出过房门。他二十四

十态

小时待在自己的小房间里，白天睡觉，整夜上网、看漫画或者玩游戏，几乎断绝了与外面世界所有的联系。饮食起居全靠六十九岁的老母亲照顾，而且他们之间也没有话语交流，迫不得已时才会通过字条来沟通。他曾经很害怕自己会变成那样的人，可是现在，他跟那个人又有什么分别？有时候他会思考自己的人生究竟是如何一步步走向灰暗和狭小的。他也会经常想起那个崩溃的外卖小哥，想象他风里来雨里去的生活。他想象到最坏的情景是，到了避无可避之时，就一个人蜷缩在某个没人能看到的角落不吃不喝，悄无声息地离开这个世界。

终于快春天了，可还是冷飕飕的。风日夜不停地吹，冰冷刺骨。深夜起来去卫生间，他看到从外面透进来的月光，蓝幽幽的，像遗落在地板上的一块布。这天半夜，他在睡梦中听到雨打在窗边的空调外机上，滴答滴答……声音在寂静空旷的夜里异常清晰。真的下雨了，确认无误是春雨。这么冷的天，寒意森森，连雨也下得很凄凉，令人全然没有"好雨知时节，当春乃发生"的喜悦。他仿佛听到外面的树在雨中低低地欲说还休。难道就这样一年一年地过下来，也这样一年一年地过下去吗？

五年时间倏忽而过，这个邋遢颓废的年轻人偶然跳出沉浸的游戏世界，望一眼身后的父母，才惊觉他们竟然这样老了。这些年来，母亲虽偶有责骂，却从未放弃他，而是一直鼓励、劝解他，希望他能走出家门。在家的时间的确够长了，他也厌倦了。以前在书上看到狼孩的故事，说是印度有个小孩，好像是被遗弃在森林或被狼叼走的，喝着狼奶由狼养大，后来被解救回到人的社会，仍然改不了狼的习性夜夜号叫，最终逃回森林死了。他怕自己这样下去，没死也成了个精神上的残废，给他自由他也不敢要了。

万物复苏的季节，学校纷纷开学，维佳和母亲一同去参加外甥女的开学典礼。一个扎着马尾的小学生像模像样地在台上做主持，奶声奶气的，还有舞狮表演，十分热闹。庄严的国歌奏起来，嘈杂的现场一下子变得肃穆。升旗仪式后，年轻的女校长上台致辞，捏着尖尖的嗓子读稿，绘声绘色，感情充沛。台下坐着密密麻麻的学生，一张张稚气的脸充满蓬勃的朝气。读到中途，天空下起霏霏细雨，她只好加快语速。典礼最终仓促结束，师生与观礼的家长作鸟兽散。偌大的操场瞬间变得空荡荡，斜风细雨铺天盖地。雨越下越大，响起了春雷。

在那个雷声隆隆的夜晚，维佳没有像往常一样玩游戏，而是看了电影《红与黑》。电影情节比小说来得简单，但效果更为震撼。里面一个底层出身的青年，为了向上攀爬而不择手段，可以被不齿，可以被蔑视，可以被嘲笑，却无法不叫人佩服他对命运的抗争和那种不甘没落的决心。他激励得维佳鼓起勇气在网上投简历求职，竟然获得了几个面试的机会。家人和邻居知道后，也帮他介绍工作。只要有机会，他就去面试。如果有社交机会，他也不像以前那样抗拒了。他学着不再那么偏执，不像过去那样颓靡，不去想那不可预知的未来。

这天，他走在市中心最繁华的商业区，刚刚结束了第七份面试。虽然前面几次都没有回音，他也没有气馁，好像经历过最低谷的人，再也没有什么更坏的境地了。唯一不习惯的是新城区高楼林立，他有点胆怯，看着觉得慌。几十层的写字楼，排队的人很多，电梯都要等很久。还有地铁，新开通了好几条线路，但人还是那么多，特别是中转站人山人海。正好碰到下班时段实施高峰客流限制，他等了三趟才挤上去。车厢里的男男女女挨挨挤挤，也顾不上避嫌。大家都是抱着先挤上去再说的心态，一有人下车，空隙立刻又被填满。然而这样的人潮汹涌，却令维佳有一种水滴回归到大海的感觉，很温暖，很安全。

六

春天的雨断断续续，一下便是好多天。等到春暖花开时，维佳找到了一份分拣快递的零工。他跟着另外几个小伙子在一个电商公司的仓库，负责日常用品订单的理货、质检、包装、配货。他们有兼职的，有全职的，分拣、扫描、打包、装盒、贴标签……各干各的活，干多干少各凭能力，干完之后大家一起休息。班次是可自己选择的，灵活上班，做白班久了，又可选择夜班。一开始维佳是兼职的，最后干脆全职干，还住在公司的宿舍。他强逼自己定期锻炼身体，结识新朋友，好好工作，不要宅在家里。他不想再把自己藏起来了，因为他发现这事是没有尽头的。藏个一年两年还可以，时间长了，还是要走出来面对社会。

维佳不喜欢春天，因为一到春天他就会感冒。他对气象台同样没有好感，因为他们的预报经常不准确，有时连第二天的都预测不准。气象台预测不了忽冷忽热的天气，更预测不到维佳的转变。他的转变像这天气一样，没有来由地说变就变。在这个冬日与春天的岔口，他倏然苏醒了，像蛰伏在地下的小虫一样苏醒了。他的心智仿佛一瞬间成熟了，没有任何铺垫和悬念。人有时候就是这样不可理喻，一点小小的刺激，便足以叫人猛然醒悟。人们常说生死只是一线之间，其实转变也是如此，一念之间就能使人像变了个人似的。当初他是那样不可自控地沉沦，现在是这般突如其来地顿悟，目光似乎在一瞬间变得坚定有力。经过几年的迷失，他选择了成长和觉悟。

对于维佳的改变，父母虽然没有直说，但高兴写在脸上。家里的气氛变了，原先的压抑不见了，每到周末一家人就会烧上好几个菜小聚一番。此前邻居从广西北海探亲回来，给他们家带来了一

十态

袋腊鱼，说是亲戚家晒制的。打开一瞧，有剖成一块块的叫不上名字的海鱼，也有一整条剖腹的红鱼，满屋飘散着浓烈的鱼腥味。邻居还好心地再三叮嘱维佳的母亲应该如何做才好吃，但维佳的母亲只用保鲜袋再包装两层便搁在冰箱里，一直没有做。腊肉、腊肠、腊鸭他们家吃过不少，然而腊鱼是没有的，而且那时她也没有心情去做，又不好当面拒绝，免得像是嫌弃人家送来的东西不够上档次似的。

冬去春来，时间隔了这么久，维佳的母亲这日突然想起冰箱里的腊鱼，怕是不能再吃了。她拿出来想扔掉，又忍不住打开闻一闻，感觉跟之前并没有什么差别。于是她按照邻居教的做法，先用洗米水浸泡十分钟，再用开水冲洗干净，然后切成几大块。用一只白瓷碗盛好，把剁碎的生姜和葱撒在鱼上面，放上豆豉、花生油及酱油，煮饭时才放在电饭锅内的不锈钢蒸架上。不一会儿，饭香夹着诱人的腊鱼香、姜葱味，香飘满屋，惹人垂涎。维佳好几次嘟囔过冰箱里的腊鱼太过腥臭，但看到那一碗金黄的腊鱼，也忍不住动起了筷子。那顿饭全家都食欲大开，说腊鱼非常下饭，闻着诱人，吃着满嘴余香。一家人很久没有这样口味一致、其乐融融了。

虽然母亲偶尔会因为一点小事唠叨个没完，父亲脾气上来时也会骂得厉害，但现在维佳从不反驳。他觉得自己在家当废人这么些年，也该轮到他包容父母了。回头看那段荒诞的时光，他都觉得不

可思议。假如他继续沉沦下去，等有一天父母不在了，那是他不敢
想象的。

七

　　一个风和日丽的周末，维佳又陪外甥女到公园画画。草坪上的
草新绿可爱，金鸡菊成片成团，头顶上是黄花风铃木那容易令人产
生密集恐惧症的大黄花，在风的鼓动下，树叶与树叶碰撞出细碎的
声响。他想起元宵节那天看到的一副对联："一曲笙歌春似海；千
门灯火夜如年。"冬天的脚步渐行渐远。阳光还是一样的阳光，树
木还是熟悉的树木，风还是风云还是云，但他的心境已不复往年。
漫无目的地走在荷花池的栈桥上，他的思绪像天上的云一样飘来飘
去，不过如今他的心是从容淡定的。公园的护栏有些年久失修，显
出破败感，有冬天凋零的残荷倒卧在水面上。可是春天来了，小荷
已小心翼翼地露出尖尖的角。

　　傍晚回家，维佳在公交车上看到一个女孩安静地捧着一本厚
厚的书看得入迷。那本书叫《传家之物》，是2013年诺贝尔文学
奖得主艾丽丝·门罗的作品集。他诧异了几秒，突然觉得这场景非
常难得。好久没见到有人看书了，而且是在车上。周围的乘客都拿
着手机刷抖音、聊微信或玩游戏。她坐在车厢最末尾的角落，全然

十态

不顾周围嘈杂的声音。她看她的书，神态是那么安然自若。唯一与其他人一样的是，因为疫情防控，她也戴着口罩。曾几何时，维佳也是这样一个异类，最后被"低头族"的大潮裹挟着，放弃了纸质阅读。

他拉着外甥女的手径直走到后面的空座位坐下，眼角瞟了一下女孩打开的书页，看到上面小说的题目是《逃离》。他笑了，这篇小说他也看过。直至他到站下车，那女孩仍沉浸在书里，仿佛置身于另一个世界。

遇仙记

一

假期刚刚结束，秦新就来到广州，整座城市随处可见飘动的国旗和精心布置的节日景观。初秋的风略有凉意，缓缓地吹着道旁树和三角梅，沿海气息格外明显。太阳依旧毒辣，煌煌地照着宽敞的马路和弯弯曲曲的绿化带。道路两侧路灯的灯杆和沿街的商铺门口悬挂着一面面五星红旗，在绿树的掩映和阳光的照耀下显得更加鲜艳夺目。喜庆热烈、欢乐祥和的节日氛围尚未退去，这个世界已从轻松欢愉的假期走向了正常的轨迹，上班的上班，上学的上学。

初来乍到，秦新对这座南方城市感到陌生又新鲜，也充满期待与憧憬。此刻，他正从车窗望出去，欣赏沿途大大小小的绿雕和漂亮花景。各处街心花园和广场鲜花怒放，一块块"欢度国庆"字样的主题公益广告造型别致地傲立在路边或广场中央，由各种颜色的花草组合搭配而成的绿雕姹紫嫣红，十分好看。大太阳底下，川流

十态

不息的车辆和来来往往的行人，都是行色匆匆的，与他北方老家的小县城完全是两种节奏。

公交站边上一棵旁逸斜出的大叶榕在风中招摇，一截低垂的树枝像一只不安分的手伸向靠近的公交车。枝枝叶叶与车窗玻璃一摩擦，沙沙作响。新冠疫情防控期间，乘客必须佩戴口罩，测量体温。大家都遵守秩序地戴着口罩，只露出一双眼睛。还有不少人戴着各式眼镜，似乎戴着口罩还不够，得戴上眼镜才能严防病毒入侵。这让人误以为现今人们近视率大增。

一个老妇人推着婴儿车，排在队伍最后。她试图连车带婴儿一块儿搬上去，动作显得有些吃力。靠近车门的一个中年男人见状，连忙下去助她一臂之力，轻轻松松地就搬上去了。老妇人戴着医用外科口罩，婴儿车里的孩子却没有做任何防护措施。小家伙大概才学会坐，不停地扭动着身子，很明显非常不配合，想让他服从管控的确是件难事。所以，司机不像对待其他成年乘客那么苛刻，仅瞟了一眼，什么也没说。

车上比较拥挤，挨挨挤挤的乘客略微移动一下，给这对妇孺让出一条狭小的通道。爱心座位上的一个时髦女郎霍地站起身来——那么多人瞧着，不好意思不起来。她的眼睛不瞧老妇人，也不瞧其他人，脸鼓鼓的，不过让座的意思很明显。老妇人见状，一边坐了下来，一边连声说"谢谢"。她右手扶着婴儿车将其固定在身边，左手抓住前面座椅后背的把手。其他没有座位的乘客则手拉着车厢内的吊环晃来晃去，像金鱼缸里的热带鱼，整个身子随着公交车的行驶东歪西倒。

那孩子不哭不闹也不需要大人抱，安然地坐在自己的小世界里自得其乐。仿佛因为享受着与众不同的特殊待遇，他很是得意，嘴里发出咿咿呀呀的欢乐的声音。骨碌碌的眼睛东张西望，好奇地打量着周围的环境。他穿得略显臃肿，双手不太灵活地蹭着婴儿车的护栏，左看看右看看，一双小腿不停地蹬，像要扑腾出来。懵懂无知的孩子，天真快乐的小孩，好像病毒会因为他长得可爱而绕道而行，不忍心加以伤害似的。相比之下，秦新可没有这等幸运了，因为疫情，他求职四处碰壁，吃尽了苦头。

二

还有半年就毕业时，疫情暴发了。大四最后一个学期，秦新是在家里度过的。等到允许回去办理离校手续时，已是六月了。和同学们匆匆拍了毕业照，没有抱头痛哭，没有亲戚朋友合照欢呼，他就这样悄悄地毕业了。从入学开始，他设想过无数次毕业的盛况，可真到毕业，却发现跟想象相差太远。想起往届的师兄师姐们毕业，那么热闹感人，毕业照拍上一整天，学校的角落都拍个遍。

十态

学生会等社团的同学、师弟师妹前来捧场，欢乐与伤感交织，大家依依不舍、泪洒当场。而他真是生不逢时，处于百年未有之变局。

突如其来的疫情打乱了世界，打乱了秦新对毕业的期待，也打乱了他对未来的美好想象。他一个普通大学的毕业生，又是一个文科生，而且在很多人看来是学了个越来越没有"钱途"的专业，找工作没有任何优势可言。投出了多少份简历连他自己也不记得了，多数是石沉大海。初出社会便有此遭遇，令他有点胆怯，有点畏惧。有人说，现在的大学生廉价得连农民工都不如。与他同宿舍的几个同学面对如此时势，直接放弃找工作，专心备战考研。他们班这样的同学很多，知道这个时候不好找工作，纷纷改变策略和去向，要么考公务员，要么考研。相比之下，考研是最好的缓兵之计。等到河清海晏之时，读研出来，疫情已过，学历也提升了，不失为良策。

但秦新不行，家里的情形他是知道的。他父亲是一个有点腿疾的退伍老兵，在一个老旧小区做保安，收入微薄得几乎不值一提。母亲在一所学校的食堂做杂工，起早摸黑地洗碗、洗菜、做饭、在窗口给学生分发食物，什么杂七杂八的活儿都要干，累死累活，一个月下来也拿不到三千块的工资。他还有一个读大二的妹妹和一个读高三的弟弟。父母指望秦新早点出来工作好减轻家里的负担，两个弟妹也老早盼着他毕业了担起供他们读书的重任。没有退路，他不敢以考研为借口去逃避现实，只能求职、求职、再求职。

本来，秦新已在一家广告公司找到一份策划的工作，计划过完年去上班，从实习生做起，等拿到毕业证了就刚好转正。疫情的到来令所有人措手不及，原本答应要他的公司迟迟没有开工，后来干脆说因为不可抗力因素正在裁员，取消了对他的录用。这个打击对他而言犹如当头一棒。不过这还不算最糟糕的，最糟糕的是接下来被困在家几个月，一直束手无策。他一边帮家里干农活，一边在网上投简历，工作迟迟没有着落。偶尔收到几份线上面试的邀请，而后又是杳无音信。

等到疫情基本被控制住时，大半年过去了，全世界已被搞得焦头烂额，连那些家境好的、计划着出国的同学也选择谋定而后动。秦新在老家和省城面试了好多家公司，有互联网公司的新媒体运营，有电商公司的文案策划，有化妆品公司的文案编辑，还有一些非营利机构的宣传文员。辗转几个月仍没有确定下来，连他父母也替他心急。他失望、沮丧，压力巨大，每天都很焦虑，不敢打电话回家。偶尔母亲问起时，他只报喜不报忧，说都挺好。

成年人的世界没有容易二字。他看到一则新闻特别有感触，说在河南郑州，一名男子下班途中接到辞退电话，崩溃地坐在地上大哭。有网友留言评论，只是丢了工作而已，不至于这样吧？作为一个男人，有什么不能扛的，又有什么坎是过不去的？说实话，这话有点偏颇了。男人也是人，也会被各种压力压垮的，而压倒成年人的最后一根稻草，也许是陌生人的一句话，也许是一个辞退电话。这不平凡的一年，无数的人由于不同的因素，丢了工作，失去了亲人，每一个人过得都不容易，却又都在辛苦地活着。

三

过完国庆节，秦新选择南下，落脚点是广州的一个城中村。是他同学先来的，知道他有难处，还义气地答应给他免费暂住。秦新十分感动，这个时候要他分摊租金也是有压力的。幸好大城市机会多，才来没几天，他就找到了新工作，在一家影视公司做文案编辑，负责自媒体的运营和对外宣传。

新公司位于一个文化单位的职工家属大院，人走进去，"曲径通幽处，禅房花木深"的感觉十分明显。20世纪90年代初的建筑风格，老式的房子之间电线交错纵横，里面只有一间早餐店、一间便利店，且大部分时间门可罗雀。为数不多的几栋办公楼，因早年的设计不够合理，楼层不高，墙壁斑驳，有些马赛克已脱落，与新城区的高楼大厦相比显得破败陈旧。地处老城区中心，属于闹中取静。院内绿化很好，玉兰、木棉、紫荆、大叶榕、杧果树……树木密布、灌木丛生，秋高气爽时节，比其他地方秋意更浓。靠近门口处有一个喷水池，水汽氤氲中一座孤零零的假山矗立其间，上面长着几株伶仃的小杂草，潮湿处有黄绿色的苔痕。小小的假山很是精致，落满了干枯的树叶，小径、凉亭、寺庙、樵夫栩栩如生，仿佛"远上寒山石径斜，白云生处有人家"。居住于院中的退休老人经常三五成群地坐在树下的石椅上或空寂的喷水池边晒太阳、聊天，慢悠悠地安度他们的晚年光阴。伴着汩汩的水声，直叫人想起诗句"泉声咽危石，日色冷青松"。大院的东北角有一家幼儿园，整天传出孩子们的嬉笑声，为这个暮气沉沉的大院增添不少生气。

秦新他们在三楼，同一层还有好几家影视文化公司。一间大办公室被隔成几间小办公室，除了老板的办公室，其余的都没有正对外面的窗，若不开灯，屋内暗沉沉的，几乎伸手不见五指。人白天走进去，仿佛一下子到了夜晚，终日亮着灯，给人一种世外幽居的感觉。灯光映照着花花绿绿的墙，上面贴满了宣传海报、电影剧照，以及老板跟国内其他导演、演员的合照。其中一张是他参加某电影节走红毯时拍的，照片上的他笑容满面，春风得意。有图有真相，这些照片无声地讲述着老板跟很多名导和明星有过的合作或亲密接触。

上班第一天，秦新小心翼翼地填好入职登记表，把在学校获得的荣誉和社会实践经历都做了详细说明，他非常珍惜这个工作机会。一个三十多岁、皮肤微黑的大姐，生得矮矮胖胖，十分敦实，是行

十忿

政主管兼会计、出纳、人事，大家都叫她芬姐。芬姐面带微笑地带着他走到各个同事面前介绍。平面设计师小莉、视频剪辑师阿刚、电影发行助理阿伦及司机杨哥，老板和秘书艾美到北京出差去了，暂未能见上。加上秦新，统共才八个人。所谓北京、深圳、珠海分公司的同事，只闻其名不见其人，想必平时接触的可能性也不大。

秦新将周围打量了一圈，新的环境新的同事。目之所及，人不多，各人的特征也比较容易认。小莉个子不高，属娇小玲珑型，因为牙齿不整齐，正戴着矫形牙箍，一头黄中带黑的卷发散开来，松松垮垮地披在后背。阿刚是理完发不久，短短的平头造型，清爽相，不过穿着打扮仍然流露出中年男人的油腻气质。阿伦是个二十七八岁的小伙子，脸上零星点缀着青春痘，留着时下流行的爆炸头，乍一看有点像《倚天屠龙记》里的金毛狮王谢逊。司机杨哥是这帮人中年纪最大的，看样子有四十多了，悠闲淡定地玩着手机。见来了新同事，大家都礼貌地抬起头，客气地微笑着表示欢迎，也用惯常的对待新人的目光探究着他。这些目光里含有好奇、观察、研究，还有一点"风物长宜放眼量"的意味。

回到位置落座后，芬姐交给秦新一本影视杂志，叫他好好看看。他接过来，礼貌地说了一声谢谢，一眼看到封面人物是个五十来岁的男人，有点溜肩，灰白的齐肩长发，轻微龅牙，青蛙眼，戴着鸭舌帽，手执剧本，专注地盯着摄像机监视器。旁边几个被虚化的工作人员充当背景板，突出中心人物的高大形象。背景有点杂，其他人矮化似的作为陪衬，一派忙乱的感觉。这老板跟他想象的导演形象相符，充满掩饰不了的艺术气质。

芬姐指着封面人物，说那就是老板，文案编辑必须对他的履历和公司的最新动态有深入了解，强调最好了如指掌，才能胜任这份工作。秦新轻轻一翻，一下子翻到一篇人物访谈。作者是林子，访谈对象正是老板。文章前面最醒目之处是其简介，其实也不算"简"了。知名导演、优秀制片人、著名作家、金牌编剧，还有各种协会会员、理事、副会长、会长……一长串头衔，虚的实的，高端、大气、上档次，看得人晕头转向，要一口气读完也不容易。总结起来就是他学富五车、博学多才、涉足面广，叫人拜服得五体投地。至于知名度有多高，知名范围有多大，是省内还是国内，抑或国际，则不详。秦新此前倒真没听说过有这么一位导演，暗自怪自己孤陋寡闻。

简介下面是正式的访谈，用官方而直接的提问来抛砖引玉，老板的回答显得很耐心和详尽。他侃侃而谈新电影的看点、亮点，拍摄过程如何艰苦卓绝，海选新演员如何严格要求，老戏骨如何倾情加盟，幕后班底如何强大引人注目，编剧团队如何几易其稿，影片试映效果如何之好。经过他事无巨细、呕心沥血的付出，影片终于顺利杀青，即将上映。

十态

文章中穿插着几张花絮图片，有老板在现场认真指挥的神态特写，有他和演员交流剧本的镜头，还有几个群众演员欢天喜地的画面，每一张图片下面都配有文字说明。一个又敬业又认真又深受爱戴的导演跃然纸上。除了访谈，后面还有某作家协会领导、著名作家的撰文，称他们虽然只见过老板两次面，但彼此印象极佳，大赞老板拍摄的电影有教育意义，思想深刻。总的评价就是一个难得的才子、艺术家，不只电影，在文学及其他方面都有着超人才华。既然是"著名作家"，当然是有一定说服力的。

秦新没想到，自己跌跌撞撞大半年，到处磕磕碰碰地找工作，最后竟幸运地进了这么一家有前途的公司，有机会在这样一位大导演手下做事。他暗感老天待他不薄，又有点不太敢相信。难道都是命运的安排，把他的好运气留到最后？这是老天对他此前求职不顺的一点补偿吗？就像贫困落魄的穷小子，在山穷水尽之际遇着神仙，一切磨难即将过去，神仙会搭救他于苦厄困境之中。看完杂志，他有些迫不及待，想早点认识这位新老板。

四

一个星期后，老板从北京回来，秦新终于与他见上面了。芬姐介绍道："这是欧导，这是新来的文案编辑小秦。"老板一边看着秦新那份刚打印出来的简历，一边隔着鼻梁上摇摇欲坠的眼镜，用凌厉、阅人无数的目光审视着这个刚毕业的年轻小伙子，开口第一句就问："你很喜欢写作？"秦新点头表示喜欢。老板推了一下滑落鼻翼的眼镜，说："从你的简历看得出你还是有点写作功底的，不过还需要加强学习和进一步提高。跟着我，你可以学到很多东西。我留你下来试用三个月，看你能不能胜任这份工作，但作为过来人，我劝你千万别痴心妄想成为什么作家，当作家是没有前途的。"

秦新有点愕然，这样的开篇让他意外。他一直对文学怀有美好想象，是标准的文学小青年，大学期间就是校报的小主编。老板接着说："即使20世纪80年代末红极一时的北京某作家，如今也混得不咋样。江郎才尽无作品，闲着无事只能靠骂人来刷存在感。"他接着道："用心跟着我在影视行业干，不出三年，保证你能混出一副人模狗样来。做电影才能赚大钱，要是你真的喜欢写作，可以往编剧的方向发展，日后大把大把的钱滚滚来，懂不？"秦新低着头，又轻轻地点头，嘴里嗯嗯啊啊地迎合着，心里却有点失落。文学是他心中一块不容亵渎的圣地，寄托着他的梦想和志趣，现在被人家这样当头一棒要敲碎。然而，似乎这样说不够深刻，不能使秦新"迷途知返"，老板还要往他头上再多泼几瓢冷水，大谈特谈自己痛心疾首的出书经历。

老板年轻时曾自费出过两本书，没有砸起半点水花。虽然因此

十态

得以成功加入了某作家协会，但他一直耿耿于怀那钱花得不划算，未能带来什么实质性的回报。所以，他一有机会逮住相关话题就要表达他对这事的懊悔——尽管他的书早已无人问津了。看到喜欢写文章的文学小青年，哪怕刚认识，他也掏心窝子地数落出书的种种不是，苦口婆心地告诫，千万别梦想做什么作家，那是没有前途的梦想。"搞文学是没有'钱途'的，带不来什么收益给你，只赔不赚。出书？出什么书？完全是亏本生意！出了书也赚不到钱，也没有人看你的书，说自己是作家是自欺欺人。我都不好意思说我是作家，我嫌丢人！"他悲愤交加地讲述自己沉痛的教训，又像是声泪俱下的控诉。

五

老板真名叫欧欢木，笔名林子，大家都叫他欧导，已经五十多岁了。走路的时候，他身子微微向前倾，双手像无处安放似的大摇大摆，永远给人一种风风火火的感觉。他会因为一点小事不如意而青筋外突，暴跳如雷。都说"五十而知天命"，可是他不。他不服老，不服输，年轻人跟他比起来没有他朝气蓬勃，也要自愧不如。他晚睡早起，精力旺盛，通宵审片和构思剧本是家常便饭。虽然常常熬夜，头发却难得地又浓又密，不得不说是老天对他的慈悲。他在酒店住的时间比在家里住的时间还多，别人问他女儿读几年级，他茫然地支支吾吾答不出来。他为自己的吃苦耐劳、努力拼搏感动着，并以为别人与他一样感动。可是，他幸福吗？他快乐吗？他不知道，因为整天忙得像个陀螺一样转个不停，根本无暇思考这些。

也因为忙于事业，年轻时欢木忙到连结婚生子都忘记了。他到四十三岁才结的婚，妻子比他小二十岁，大女儿今年十二岁，小女儿六岁。一家子常年聚少离多，可他对妻女是有补偿的。妻子不用工作，在家过着少奶奶的生活自不必说，两个女儿他也早早地为她们铺好了后路。他是一个绝对的内举不避亲的人。前年，拍摄一部关于留守儿童的影片，他便力排众议把女一号和女二号都安排给了自己的两个女儿。

为了力捧她们在影视圈站稳脚跟，只要有机会，他就不惜排除万难地把俩女儿往电影里面塞，有多高捧多高。大女儿一岁便已在他的电影里露脸，而小女儿出道得更早，尚在襁褓就登上了大银幕——饰演一个被拐卖的婴儿，在片场哭得哇哇叫。欢木可谓煞费苦心，有时还自编自导自演，父女仨齐上阵。此外，他还不遗余力地求爷爷告奶奶，找圈中的朋友给女儿们安排角色，混个脸熟。他希望她们在影视圈里出人头地，做大明星，成为名扬国际的影后。

真是可怜天下父母心，欢木一心为女儿们的前程殚精竭虑、东奔西走，可惜女儿们的表现与他的预想相去甚远。他高估了女儿们的天赋，而且她们的长相实在过于平庸，加上表演方面的兴趣和天资均不足，像扶不上墙的烂泥，"出道多年"仍籍籍无名，在童星圈里都混不出什么名气。每次被赶鸭子上架出演，女儿们不情不愿的，见了欢木也怯怯的怕与他亲近。明眼人都看得出她们根本不喜欢演戏，欢木的妻子担心这样下去，女儿们长大了要与他反目成仇。

很多人说他一把年纪还活得不通透。当然是在背后说的，当着他的面可没人敢说。其实大家低估了一位父亲望女成凤的心，特别是这位父亲本身是一只从农村的山旮旯里飞出来的凤凰。想当年，欢木离乡背井，只身南下广州，从电视台的杂工做起，好不容易才有了一点成绩，自然比别人更加望女成凤心切。哪怕罔顾妻女的感受，他也决心要女儿从小做一只凤凰。他相信总有一天她们会体谅他的苦心，明白他做的一切规划都是为她们好。

而在员工面前，欢木是一个人生经验极其丰富的长辈。他自认为他声嘶力竭的咆哮是为他们好，是对事不对人，等于把钱塞进他们的口袋，把比钱更值钱的经验塞进他们的脑袋。他比海龙王还能呼风唤雨，即使有时他说话刻薄难听，不堪入耳。

"面试说得好好的，骂两句就走，都是白眼狼。我们这么好的平台也不珍惜！"对待离职员工，他永远是咬牙切齿的表情和恨恨的语气，骂他们背信弃义，占了便宜就弃他而去。人都走了许久，他依然愤愤不平，常常提起人家来此都是别有用心，算计他、背叛他。搞得下属们都说他比女人还小气，没完没了。他们知道，员工主动离职令他下不了台，他对人的戒心严重到叫人怀疑他有被害妄想症。比如，对员工在通讯稿上署名这件事，欢木就时刻保持警惕，轻易不让他们署名，怕他们借他或他的平台作为跳板，见异思迁。别人是防火防盗防闺密，他是防员工。

公司人员流动性大，曾经十天换了三个文案编辑，平均每人只干了三天。"椅子还没坐热就走了！"他恼恨这些年轻人没有职业修养，不能吃苦耐劳，他不过是晚上叫他们临时处理一下工作而已，这点苦也吃不了。"你们这些小孩儿，做事不细心，好高骛远，眼高手低。"他气急败坏地吼叫。被批评的通常是初出茅庐的年轻人，当面不敢回嘴，然而转头就说他敏感多疑、固执己见、刚愎自用，开会是他"一言堂"的表演时间。

他三更半夜发信息叫下属处理工作上的小问题，要是不回复就直接一通电话打过去——事情没做完他没办法睡觉。态度非常急躁，给人一种无形的巨大的压力。所以每听到他的"午夜凶铃"和心急如焚的语气，下属免不了一肚子怨气。有一次，一个女下属实在受不了，在电话里跟他吵了起来："我只是打工，不是卖身，用不着一天二十四小时在线等你安排工作吧？""哪个员工不用加班？你出去打听打听，有哪个员工下班之后就完全不用理会工作的？人家那些做程序员、做设计的，还'996'呢！叫你改个稿这么多话，半个钟头就能搞定的事儿！"双方急赤白脸的，隔着电话线都能感受得到对方的火气。

那女下属执意说太晚了要睡觉不肯服从命令，第二天更是干脆赌气不来上班。欢木气不过，叫人事通知她以后不用再来了。到发工资的日子，也没有给对方发完工资，还理直气壮地说人家没有回来好好交接工作。结果，那女下属申诉到了劳动仲裁委员会。经过调解后，最终双方各退一步，和解了。女下属走了个交接的流程，欢木也如数发了工资。眼见老板与员工闹得如此不欢而散，其他同事谈不上兔死狐悲，也不免要多留一个心眼。

欢木总以为员工离开了他的公司在外面找不到更好的工作。事实上，大部分员工离职后都混得风生水起。这时，他又说是他的功劳，说他们在他的手下学到了真本领，得到了好的锻炼，积累了独一无二的经验。他不知道，在职的这几个员工其实也是各怀鬼胎，再难过也熬过了试用期，又临近年底，不好换工作，只好忍辱负重。他们一致的想法是好死不如赖活着，等过完年再做打算。

六

每逢欢木出差或外出见客户，办公室的气氛便立刻活跃起来，大家兴高采烈地聊起各种八卦。而话题总绕不开工作和老板，欢木永远是办公室的中心话题。这天，欢木和秘书又到外地出差去了，芬姐去税务局办事，大家都姗姗来迟。

"他一天到晚说人家不肯吃亏，难道他自己愿意吃亏啊？昨晚十二点多还打电话给我，叫我修改海报！"小莉今天迟到了差不多半个钟头，一进门就开始抱怨，"又不是立刻要用，这样急三火四的，好像我不改好他就睡不着似的！"

比她稍早一点到的阿刚已坐着吃肠粉，附和道："就是！晚上打电话来就是不能惯着他，当别人不用休息啊！他老是说我们年纪轻轻的不愿意吃亏，上次玲玲直接怼他就是想人家吃亏，帮他白干，就他一人得便宜！又没有加班费！我们只是打一份工而已，没钱谁愿意干啊？吃亏吃亏，真把别人都当傻子了。"

"他上次说人家玲玲居心叵测，非常在意新闻稿是否署上她的名字，是为了找下一份工作时有更多筹码。但人家写文章署上自己的名字，这不是应当的吗？真是笑话！"小莉撇撇嘴，表示自己的不屑。玲玲是秦新来之前的文案编辑，她前脚离职，他后脚入职，刚好错开，不曾打过照面。

"全世界都可能错，都可能判断失误，但我不会！"阿刚皱着眉，学着欢木的口吻把欢木的口头禅捏着嗓子又说了一遍，大家都忍不住笑了。"他就是没有自知之明，又得罪的人多，所以总留不住人，这么多年还是这几家空壳公司。"阿伦一副鄙夷的表情。

"也没见过这样的老板，只会认为员工不听话，人都走了仍把人家损得一无是处。走了那么多员工，从来不反思一下自身的问题，一味把原因归咎于他人，埋怨别人不懂感恩。"他接着说。

小莉意识到自己撩起的话题引得大家要开吐槽大会了，遂朝阿伦使了一个眼色，示意有新同事在。新同事当然是指秦新。阿伦心领神会，不过满不在乎，继续百无禁忌："用不了多久，都会知道，迟知不如早知，大家又不是外人。"秦新在一旁盯着电脑听他们对话，像听讲古一样。

大家沉默了一会儿。阿刚有咽喉炎，每隔一阵子就要清一清嗓子，拖长声音"喀喀"两声，像喉咙有一口痰堵着，不吐不快似的。

"最近新开那家湘菜馆好像挺多人的，你们吃过没有？"小莉换了一个话题。

"呃，酸菜鱼好像有点特别，说是酸菜比鱼还好吃，那汤味道也很浓郁。上周我和朋友去过了，排队等了半天！"阿伦说。

又沉默了片刻，小莉说："中午要不要去试试？"

"不了，等的时间那么长，中午不用休息吗？"阿刚漫不经心地说，"上次来的那个宣传部的李部长，据说是艾美以前在电视台的领导呢。"话题又绕回他们的同事身上。

"可不是嘛，以前我在电视上见过他，之前是台长，现在去了宣传部当领导。艾美跟他可熟了。"小莉意味深长地笑道。

"艾美真能啊，才来没几个月，天天跟着欧导出差！换我，三天就受不了啦。"阿伦含笑低声说。

"不好说，人家是老乡，又有资源，欧导自然看重。"杨哥听他们说了这么许久，这会儿才接话。

阿刚与他相视而笑道："可别这样说，说得好像有什么似的。"

"这有什么好遮遮掩掩的，我们又不是在外面说，自己人就算不说也心知肚明。"阿伦带笑咕哝一声。

"嘿，你们不知道，前些天金姐怎么说他来着？"小莉横眉轻笑一声。

金姐是他们的上一个行政主管，离职三个月了，一个三十多岁、不苟言笑的女人。有一次大家正忙得昏天黑地搞发布会，她却请假没来，欢木不满地讥讽："我看她的面相，整个一家里出了事儿的样子。忒晦气！"

"说他什么来着？"阿伦好奇地问。

"说他有'仇女症'！笑死我了！"小莉龇牙咧嘴地做鬼脸，"在别的行业容易理解，但我们这个行业诱惑那么多，偏他好像自动免疫似的。"

十态

"呵呵，这有什么新鲜的，看得出他不大喜欢女人。"阿伦轻描淡写地说。

阿刚"喀"了一声道："像龙小方导演那副尊容都有人投怀送抱，欧导应该也有吧？想必，想上位的女演员总是有的。"

"哈哈，那难说。虽然人家龙导很丑，可人家是什么级别？欧导是什么级别？就我们欧导那样子，又不是什么大导演，出了广州估计没几个人认识他，图啥？"小莉一针见血。

"对！长得丑不是重点，重点是还不够威风！不然，怎么会没有蜂飞蝶绕？"阿伦顺着分析。在大染缸似的影视圈，仅仅因为相貌而不能招蜂引蝶的推测是不成立的，长得丑的导演多了去了，依然有数不尽的花花草草不请自来。

"这跟我们拍的是儿童电影也有关吧，你们看我们电影里有几个女的？儿童片，大人做主角的也少。"杨哥默然良久，一直在盯着手机玩游戏，这会儿抬起头来插一句。

阿刚说："就算有女人，也是一些婆婆、妈妈的角色，没有长相特别出众的。呵呵，莫非他有恋童癖？"

"应该不会，感觉不像。他是嘴欠，但不搞潜规则这一套倒是真的。"小莉猜测，又很坚定自己的判断。其他人也表示同意。

"比起龙导，他给人的惊吓程度还是稍逊一筹的，可能是性格问题吧。"阿伦像是平心而论。这些猜测和议论与实际距离不远，根本原因还是欢木的性格。总之，大家认为欢木不可能跟女演员勾三搭四是有根有据的。

七

其实，说欢木是一个导演、一个作家、一个艺术家，都不如说他是一个商人来得贴切。不过，在影视圈能抵挡住狂蜂浪蝶的攻势，保持作风端正，实属难能可贵。然而欢木鄙视所有大龄未嫁的女人也是事实。公司曾有两个"高龄"的女同事，一个是四十五岁的平面设计师，一个是三十六岁的文案编辑。欢木说她们敏感、多疑、乖僻、神经病，嫁不出去是自身的问题，是活该。她们离职后，他以她们为反面教材警示其他员工，讽刺人家"标梅已过，嫁杏无期"，是"卖剩下的甘蔗""箩筐最下面的橙子"，没人要，是被挑剩下而卖不出去的货物。此话不可谓不刻薄，怎么也摆脱不了仇女的嫌疑。

同样地，大家议论起他来也毫不客气，批评得更加激烈和彻底。勾勒出来的人物形象是：他不是皇帝，但古代暴君身上有的缺点——蛮横、专制、暴戾、独裁、喜怒无常，甚至恐怖……该有的他都有，是死了都不值得可怜的那种人。不止员工，有些客户一转背照样对他冷嘲热讽，带有戏谑性质。似乎他活着是一个祸害、一

十态

个闹剧、一场灾难。

"这些女人都没有自知之明，一把年纪还幻想有多金、帅气、高大、温柔、专一的王子骑着白马来带她们脱离单身的泥淖。真是白日做梦！"像这类话，虽然欢木有时只是一时愤激或玩笑之语，但说者无心，听者有意。三十出头尚待字闺中的另一个女同事辗转听到他的言论，不禁对号入座，大为光火，深感受辱："那个叫姜思达的小伙子在《奇葩说》里怎么说来着？总有些人那么普通，偏偏自信到太把自己当回事，肆无忌惮越界批判我们的人生。"她添油加醋地把欢木的种种劣迹告诉了一个新同事，用更难听的话把他数落得很不堪，形容他是变态狂、奇葩老男人。吓得新同事心里凉了半截，才来就蒙上一层阴影，没多久也步了离职的后尘，间接成了别人出了一口恶气的牺牲品。

谁人背后不说人，谁人背后无人说？幸好欢木没有听到这些议论，不然要被气死。秦新记得韩寒曾经说过："如果你不了解，那你就闭嘴，因为你不知道别人经历过什么。如果你了解，那你就更应该闭嘴。"秦新是年纪轻，阅历少，但人言可畏这个道理还是懂的，民国时期著名的女明星阮玲玉即死于此他不是不知道。听着这些流言蜚语，他觉得老板也好，这些同事也罢，抑或其他人，可能都有各自的过错，他难以评判孰是孰非。然而这世界总有些人从来不关心事实的真相到底如何，而是以自己或者大部分人的想法来对一切盖棺定论。这在心理学上叫作"沉默的螺旋"。

八

秦新读大学时曾在一次公益活动中认识一名艾滋病毒携带者。他是为了给患病的妻子做手术而常去卖血，后来不知道怎么就感染上了艾滋病毒的。可是他身边的人却不会深究太多，只认定他是一名艾滋病毒携带者，像一种可怕的、恐怖的异类生物。他们疏远他、歧视他，用恶毒的话语谩骂他，不分青红皂白地驱逐他，说他是因为行为不检点、道德沦丧才招致如此恶果。

听着其他同事聊得热火朝天，作为一个新人，一个人生地不熟又不了解实情的新人，秦新不便插话参与讨论。从小母亲就教导他要谨言慎行，不要随便评价他人。他的母亲是一个沉默纯朴的妇人，没受过什么高等教育，也不如别人的母亲成功，却禀性善良、厚道、勤劳。她一直用中国妇女最传统的美德对自己的孩子言传身教，以身作则地影响着秦新三兄妹。

大家聊着聊着，一会儿叽叽喳喳，一会儿哧哧地笑，不知不觉就到了中午。秦新帮忙到楼下拿外卖，刚好碰到从外面回来的芬姐。她见他左手两份右手三份地提着盒饭，便道："怎么你一个人下来拿呀？他们呢？"秦新说："没什么，我顺便一并拿了就好。"回到门口，发现不知谁把门关上了，明明下楼之前把门敞开的，才一小会儿就关上了。秦新左提右拿的，不方便按门禁密码，芬姐连忙说："让我来。"秦新把盒饭放在前台，喊了一声："饭来咯！"大家一窝蜂地过去，三下五除二瓜分了，然后各归其位吃饭。有的边吃边看电视剧，有的边吃边刷直播平台，还有的一边吃饭一边跟家人微信语音聊天，声音都外放出来，像同时打开几个话匣子。

秦新的位置靠近过道，边上有个小小的垃圾篓，恰好在他余光轻易能扫射到的范围内，所以整天有一种污秽感。经过一上午的包罗万象，垃圾篓到中午已呈现满山满谷之势，但吃完午饭大家照样把饭盒扔进去，根本装不下，有一星半点的残羹剩饭散落，满屋汤汁剩菜的气味。老板吝啬，连请个钟点工做清洁也不肯，一屋子员工只得轮流值日，像学生一样，每天下班后都安排个值日生搞卫生。然而在那不通风的办公室，即使寒冬腊月，时间久了，未得到及时清理的垃圾便散发出一股酸馊味。

午休时间，大家都静了下来，说话声没有了，看剧的也戴上耳机或者不看了。芬姐走到门边把灯关了，"啪、啪、啪……"几盏灯逐一熄灭，整个办公室瞬间陷于昏暗，只有他们的电脑屏幕和手机发出蓝幽幽的光。没多久，电脑显示屏也被关掉或进入屏保模式，大家伏在桌上闭目养神，或进入浅睡状态。但还有一两个人盯着手机在看，弯着腰，头伏在手臂上，拿着手机的手放在大腿上，好像在回复信息或看剧正看到情节紧张处舍不得停止。在昏暗的办公室里，手机散发出的光显得格外柔和。他们身下像藏着一窠星星，又像捧着一块巨大的会发光的宝石。他们静悄悄的，把光亮尽力控制在自身范围内，避免干扰其他人休息。那姿势像极了从前在课堂上把小说放在课桌下面偷看的样子——简直一模一样。

九

一个星期后，老板组织了一场观影分享会，邀请一批业内的影评人观看公司的新电影。秦新跟着其他同事到现场协助工作，搬搬抬抬，打杂之余顺便一起观影。老板给他的任务是写一篇观影会的新闻报道，发给媒体刊登。观影结束，在灯光亮起来之前，坐在旁边的芬姐悄悄地凑到他耳边说："千万不要在欧导面前说这电影有什么缺点，他不喜欢别人说不好。像你刚才说的情节比较刻意、浮夸和过渡得不够自然这些话，一定不能说，说了他会生气，你会挨批的。"秦新默不作声，静静地听她继续建议："你写稿时就写一些好的评价，标题也类似之前的观影会那样，用'一致肯定''评价极高''好评如潮''深受赞誉'之类的字眼，晓得吧？在写之前先看看欧导以前写的其他新闻通稿。记住，只写正面的。"

距离产生美是美学的一个著名命题。人生若只如初见，然而太近距离地了解之后，恐怕还不如不见，起码未见时尚抱有点幻想。入职数周后，老板的形象在秦新心里慢慢地颠覆了，但颠覆得如此彻底、如此无可救药则是他始料不及的。没错，他是导演，他是编剧，他是作家，他拍儿童电影拿过奖，他抵挡得住女人抛眉递眼、暗送秋波，可是……全然不是杂志上写的那回事。如果不开口说话，欢木给人的感觉是挺文艺范儿的，但一开口就会把尖酸刻薄的本性暴露无遗。秦新怎么也没想到，杂志上那个意气风发、笑容可掬的导演，那个爱岗敬业、为事业牺牲家庭、为工作整宿不眠的导演，那个年近花甲仍活跃在电影圈、忘我工作的导演，那个令人心生敬佩，甚至可以用"敬畏"来形容的导演原来只存在于杂志里。现实有时就是这样叫人失望，跟想象的完全是两码事。

常说狗嘴吐不出象牙，而欢木的嘴好像永远说不出好话。别人的话是话，他的话是刀，刀刀杀人于无形，且不管那人到底有多无辜。这也就罢了，积习成性恐怕他这辈子也改不了。秦新觉得非常不可思议的是，时隔多年，欢木每提起出书的事仍然愤愤不平，似乎那是他在年少无知且穷困潦倒的年轻时代里所做的最错误的选择和投资。虽然，每次见到新朋友、新投资人，他必定首先自称为某作家协会会员，口口声声说自己出过书——仿佛非这样不足以证明他是个有文化的人。然而这并不妨碍他打心眼里瞧不起作家和口不择言地鄙视写作与出书。

二十多年来，欢木踩着政策的节奏拍电影。他批评别人的电影媚俗，是烂片，没有思想深度。别人说他见风使舵，为了说教而说教，千篇一律的教育意义。他自诩为儿童片的挚爱者，拍了十几部儿童片。因为非主流、小众，票房跟那些投资巨大的商业大片无法相提并论，但不影响他拿了几个奖。永远的主旋律，永远的正面题材，是不愁获得支持的。他懂得如何投其所好，热衷于研究各种最新的政策，读透领导的讲话精神，迎合最新的社会热点。他很自豪于拍出对口味、符合当下热点和主流价值倾向的电影，尽管看过他作品的人不多。

十

天越来越冷，还没好好感受秋高气爽，转眼就冬天了。试用期还没结束，秦新就提出了辞职。天黑得真早，秦新下班出来，六点钟不到，到楼下发现天几乎全黑了。这是他最后一天上班，离职手续已经办好，要交接的也交接给了新人。新人是个年轻的女孩，跟秦新一样，也是刚毕业的。老板本想拖着秦新带一带新人，叫他等下个月中旬发了工资再走的。芬姐好说歹说替他争取，才答应给他

十态

提前结完工资。

　　天边一钩淡淡的弯月，镶嵌在墨蓝的天幕。秦新想起一句古诗："可怜九月初三夜，露似珍珠月似弓。"大院里有个人牵着一只松狮犬在路灯下慢慢地走着。风冷飕飕的，秦新走在树影摇曳的路上。到了门口，保安跟他打招呼："下班啦？"他笑了笑应道："嗯呢。阿叔，吃饭了没？"出了大院，他转身回望树木森森的大院，夜色渐浓。他既觉得解脱又有点怅然，这个世界本就虚虚实实，实实虚虚，极其神秘。

　　深冬了，又是一个大雾天。冬天的广州，早晨经常有白茫茫的浓雾，世界比想象中朦胧。不过到了下午便好，日光穿透迷雾，什么都清清楚楚、明明白白了。电影《阿甘正传》中有一句至理名言："生活就像一盒巧克力，你永远不知道下一块是什么味道。"秦新找到了一份新工作，在一家广告公司做文案策划。

　　天阴阴的，好像要下雨了。租住的地方临街，隔着窗都能听到楼下的人声车声，有时吵得人心烦意乱。这天是周日，不用上班。然而在那样嘈杂的环境里，秦新也逼迫自己要专心致志起来，写策划方案。所幸有他同学一直在旁鼓励，慷慨地答应跟他同住。像那首歌唱的："点着笑容的灯火，只温暖而不打扰我的寒冬。"他想，等稳定下来再找一个比较好的公寓，两房一厅的，那就不用两个人挤一张床了。

这边，欢木刚从外地出差回来，到单元楼下，发现电梯坏了，小区的物业管理员说已经通知人过来维修。没办法，只得走楼梯。他看见前面一个二十出头的小伙子，一手扶着肩上的桶装纯净水，一手拿着手机看视频，一边笑一边爬楼梯。很健壮有力的一个送水工，爬上七楼也气不喘腿不软，像是毫不费力。欢木气喘吁吁地跟在后面，心里忍不住慨叹："年轻真好！"

困 兽

一

窗外一排浓密的紫荆树，热情的、粉红色的花在冬日里开疯了。一只褐黄色的小鸟在纵横交错的枝叶间跳来跳去，好奇地从一棵跳到另一棵，机警地打量着这红红绿绿的世界。十一月仍热得像八月，满大街穿短袖短裤的人。天气预报是出了名的马后炮，像喊狼来了的孩子。手机天天推送冷空气要来的信息，除了日期准确之外，其他十有八九不准。真是一年比一年热。冠宏记得小时候的冬天总是阴雨，灰蒙蒙的。难得有晴天，村里的老人像"一夜春风来"似的搬一把竹椅坐在自家门口晒太阳。阳光像温柔的细沙，洒在厚厚的棉袄上，洒在草坪的霜花上。那是记忆里的冬天，不像如今这般反常。

楼下的超市装修后重新开业，锣鼓喧天响了整整一上午，遍地礼炮的碎屑。超市入口处一个临时搭建的舞台上，几个演员很卖力地表演，又唱又跳，热火朝天。性感的模特走来走去，铆足了劲表演。为了吸引观众，她们算是豁出去了。开业优惠促销大酬宾，附近的居民倾巢而出，密密麻麻地将舞台围得水泄不通。观众主力是同样热情的大爷大妈，有的推着婴儿车，有的推着买菜车。主持人情绪激动地拿着麦克风，隔着几条街都能听见他卖力的喊叫声。

冠宏的脖子生得比较短，远看简直若有似无。一旦衣服穿得多了，脖子就像缩进去似的。因为偏胖，还显得敦圆相。他也加入了围观行列，然而视线经常被前面的人挡住，所以相当无趣。驻足看了一会儿热闹，他便赶紧买菜回家，实在没有心情跟那些退休的老头老太太一样乐在其中。小区里静悄悄的，只有一个老妇沿着人行道慢悠悠地推着婴儿车。凉亭里空无一人，平日闲聊的人都出去看热闹了。枯黄的树叶悄无声息地落下来，落在残旧的健身设施上，冷冷清清的没人理会。心急的紫荆花也簌簌地往下掉，软软地铺了一地。十一点三刻，他得洗米做饭了。自打他失业后，他老婆就不再在单位饭堂用餐了，因为家有"煮夫"。

吃完午饭就午睡，然而久居家中的日子并没有想象中那么惬意，午睡醒来便有一种醉生梦死的罪恶感。下午三点，上班的上班，上学的上学，剩下的老弱残兵在休息。偶尔能听到不远处幼儿园里的孩子在嬉笑。拖延了两个星期，冠宏还是去了公园看杜鹃花展。其实他对这种人挤人的展出活动不大感兴趣，类似的还

十态

有灯光节、迎春花市，比新年还拥挤。往往人历经九九八十一难般从人山人海的地铁里突围出来，挤得什么好心情都消失殆尽，去过一次便再无下次。

天气晴暖，冬日里的公园一片生机盎然。用鲜花搭建的造型没有什么新意，人多杂乱，绿油油的草坪被践踏得不成样子。展出快半个月了，花展结束在即，很多花已呈颓势，凋谢枯萎得叫人意兴阑珊。三五成群的园艺工人忙着拆除那些破败不堪的造型。冠宏倒是没见过品种这么齐全的杜鹃花，红的、白的、粉的、紫的，甚至绿的，好像全世界的杜鹃花在赶集会。工作日的公园人不多，是老人妇孺的天下。步履蹒跚的老人牵着初学走路的孩子，摇摇晃晃地走着。百无聊赖的少妇坐在喷水池边闲话家常，婴儿车里躺着熟睡或咿咿呀呀的孩子。席地而坐打牌的阿姨，乒乓球台旁观战的老伯，还有背着双手慢悠悠地逛的闲人……大概都是附近的居民，也不知道来看过多少回了。

也许太久没来，冠宏对那里居然产生了一种新鲜感。公园不大，每隔不远就矗立着各式各样的雕塑。绕着小山盘旋而上，山顶有亭翼然，不大的一块空地，铺满横七竖八的落叶。冬季昼短夜长，太阳落山得早。才五点多钟，日影已经西斜。落日熔金，太阳在黄昏的天空上发出金丝万缕。下山的道路两旁，芳草萋萋，汩汩的水声也小心翼翼地安静下来。黄叶纷纷落在水面上，又被水中凸起的石头挡住，没有随流水而去。回程时只有三三两两的人经过，两旁树影幢幢，穿透树丛的夕照红红的，回环曲折的山路在夕照下闪闪发光。想起听说这里曾有蛇出没，他便加快脚步，在天色全黑之前回到山脚。

城里万家灯火亮了起来，他回到家时，老婆正在炒菜。他自顾自进了家门，两人不说话不打招呼。老夫老妻了，多数是这个样子。冠宏失业大半年来，两人话题越来越少，能不拌嘴就不错了。儿子又在学校寄宿，周末才回来，家里更是冷冷清清。电视上的《新闻联播》开始了，夫妇俩默默地各自吃各自的，没有任何交流。

这一年夏天的台风特别少，秋天的气温也不减盛夏。冬天了，白天的太阳还是火辣辣的，晚上没有一点风。他在干旱、高温的天气里失业，像缺水的植物般蔫头耷脑没精神。吃完晚饭，他自个儿到附近的广场散步，仿佛在人群中也抬不起头。跳舞的大妈依旧我行我素，伴着聒噪的音乐，拼命扭动着。难得有几个农民工大叔在旁欣赏，她们跳得更来劲。她们是快乐的、热力四射的，一点不输妙龄少女。

可是广场上仍有没公德心的人，遛狗把狗绳放得长长的，东拉西扯，随时可能绊倒行人或伤及无辜。"捡屎官"的职责更是没有做好，不时听到有人大喊一声"小心狗屎"，或者"哎哟"一声

十态

中了"狗屎运"。忽然有两只暴躁的狗打了起来，像更年期的"泼狗"，主人拉都拉不住，世仇一样。狗主人是两个年轻女子，没见过这阵势，手足无措地站在旁边惊叫却毫无办法。看着两只互相撕咬的爱宠，看着两个无能为力的狗主人，围观的人也只是干着急。眼见个头小的狗受伤不轻，一名男子跑到花坛边问一位老太太借来一条拐杖，奋勇地冲过来救援。好不容易才把两只狗分开，伤势严重的那只狗终于脱离了凶险，汪汪汪惨叫着落荒而逃，穿着高跟鞋的女主人"亨尼亨尼"地喊着追了去。

哪里都有争斗，人是如此，狗也不例外。冠宏摇摇头，随着围观的人群走开了。走一会儿便出汗了，商场里空调虽然开得很足，却也没什么好逛的。天气太热，发端都湿了，他这才想起已有一个多月没理发了。不用上班，不用见人，连头发也懒得理。冠宏是最不喜欢理发的。即便去理发店，他也从不洗头，宁愿回家慢慢洗。理发师是个六十多岁的老头，店是这条街的老字号。有二十多年了吧，做的是附近熟客的生意。冠宏的头发一直由他一手包办。单剪收费从五元升到十五元，再到现在的二十元。满头浓密的黑发，变成了稀稀疏疏的"地中海"。满脸胶原蛋白的帅小伙，成了油腻的中年大叔，岁月匆匆不留情。他曾经听理发师的建议染过一次，谁知道后来长出的白发更多。所以他现在不染发了，随它自然地白去。每次剪发，他安静地坐在椅子上，听理发师与别的客人闲话家常，谈天说地，从国家大事到家长里短，从天气预报到天灾人祸，无话不谈。旁人侃侃而谈，他甚少插嘴，像个郁郁不得志的落魄书生。

那么多年了，理发师与他热络得像自家人。几十年几乎不变的发型，不用张口便知道如何处理。夏天出汗，头发要短一点；冬天头发容易乱，也要短一点。就是短一点，再短一点，方显得够清爽。他不喜欢用发胶，黏糊糊的像头上沾了脏东西似的，所以他一度弄了个卷发，可以为懒得打理找借口。理发店光洁明亮的镜子，照得清清楚楚，地上落满了一绺又一绺的头发，黑的白的、长的短的，围巾上披披挂挂的都是头发。

回到家洗完头已是十点半，老婆出去打麻将还没回来。家里的一只黑猫爬上沙发跟他一起看电视。猫是老同学去年移民美国前送的，周身黑得发亮，唯独四只蹄子雪白，唤作"四蹄踏雪"。《晚间新闻》播完，是天气预报不变的背景音乐和主持人熟悉的腔调。关掉电视，他走到阳台，心烦意乱地踱来踱去。下面的花园像平静的湖面，看得到水中的植物灰扑扑的。路灯下的绿化植物半明半晦，一坛坛，一圈圈，一团团。身后的客厅忽然变得巨大空旷，静静的，像旷野一样，荒无人烟的感觉，即便喊破喉咙也不会有人应答——如果有，那只能是呐喊者的回声。冠宏当然不会大喊大叫，他只是表情木然地点了一支烟，身子斜靠在栏杆上，轻轻地把烟呼出来。在客厅照出来的微弱的灯光里，他整张脸被光的阴影笼罩着。烟头红色的火光在暗沉沉的夜里明明灭灭，像夜空中忽明忽暗的飞机，闪着闪着便消失了。

二

"人到中年不如狗"，冠宏总算体会到了。单位里有人钩心斗角，有人见风使舵，有人精于算计，有人得过且过，也有人明哲保身。他呢？哪一样都做得不够彻底，唯一彻底的一次便是离开干了二十多年的岗位。隐忍这么多年，被骂几句就像职场新人一样闹离职，在外人看来显然是个笑话。创业三个月便亏损一大半积蓄，四十多岁的男人了，也怨不得旁人。然而这才是开始。好运很少接二连三，霉运总是接踵而来。跟人合伙做点小生意举步维艰，别人介绍的工作要低三下四。中年危机不再是"狼来了"的危言耸听，他像一头笼中的困兽。

一个多年未见的大学同学突然来电话，说从上海来广东出差，偶然想起他这位故人，于是想约出来吃个饭。不奢望这位同学是天降的贵人来搭救他摆脱当前的困境，有朋自远方来也是件开心的事。然而那位同学如惊鸿般飞过后，便再无消息，再联系时人家已回上海。对方再三表示歉意，说工作上遇着紧急的事，在广东仅仅逗留了两天，匆忙之中忘了跟他道别。他嘴上说着没关系，心里却难免有一种被欺骗的感觉，毫无征兆地被人想起，又毫无征兆地被人"放鸽子"。虽然与班上那些出国的、做教授的，或在官场商场混得如鱼得水的同学相比，他的确混得不咋样。

落魄之人万分地不愿见他人，可树欲静而风不止。隔天老家的一个堂兄又来电话，请他回去参加侄孙的满月宴。闲来无事，想着刚好可以回去看看中风的父亲，便答应了。他那年迈的老父亲，八十多岁了，跟着乡下的兄弟一起生活，常年各种病痛：痛风、高血压、糖尿病……去年才做完疝气手术，今年看着别人中风也来凑热闹。

农村的宴席很是热闹，左邻右舍一窝蜂地过来帮忙。多年不见的儿时玩伴，给他一种鲁迅先生笔下闰土的感觉。一屋子的孩子追逐嬉戏，围着电视看动画片，甚至爬到饭桌上吵闹。为一块饼干哭嚷抢夺，场面失控，喜庆中充斥着各种嚷叫声。大人也像小孩子似的忙得乱糟糟，洗菜的洗菜，洗碗的洗碗，没事干的嗑瓜子。难得有机会聚在一起分享八卦趣闻，谁家嫁女添丁，谁家买车买房，谁家的孩子读大学……比自家的事情还要上心。

儿时的玩伴都老了，有的已做了爷爷。其中一个跟冠宏同年的，说自己常年在深圳带外孙。旁边立刻有人搭话说外孙始终是外人，问他儿子什么时候结婚。他尴尬地笑了笑，说儿子还没有女

十态

朋友。那人叹了口气道："唉，男多女少，不好找对象咯！"然后话锋一转，开始吐槽自己夫妇俩带孙子的辛苦："现在赚钱不容易哦，儿子儿媳都要上班，我们俩老的不带谁带？整天张罗他们吃喝拉撒洗睡，上学送放学接，根本没停过！比种田还辛苦！还是你好啊，去享福喽！"旁人的话题冠宏插不上嘴，只好一直讪讪地笑着。在村里人眼中，他是鱼跃龙门的榜样，是老一辈教育孩子读书的正面教材。

冠宏的人生是按部就班地走过来的，比上不足，比下有余。大学一毕业便进入事业单位，别人"下海"的时候，他自过自的静好岁月、安稳现世。分房、结婚、生子，一步步地走过来，波澜不惊。在最应该争的年纪里，他与世无争。即便跟人家争，年年也是陪跑的命。毕竟站在顶端的人凤毛麟角，世上多的是平凡的、平庸的人。单位像他这样的人不在少数。

每年的退休党员干部大会上，回来的老领导还是那样熟悉、亲切地叫他小梁。虽然他早已从小梁变成了老梁，但在老领导跟前，他永远是后辈。更新换代，后来者居上，是职场不变的定律。前面有位高权重的老领导，后面有朝气蓬勃的年轻人。他不上不下，年龄尴尬，位置也尴尬。眼看着别人飞黄腾达，有的离婚后再娶娇妻，仍混得风生水起。身边浑浑噩噩度日、等待退休的同龄人比比皆是。也有头脑发热的例子，学着人家离职创业，可是创业这条路就像高考，千军万马闯独木桥，真正成功的又有几个？停薪留职到外面走一圈发现日子并不好过，又回来继续混日子的不乏其人。

从前上班轻闲的时候，他会写点文章投向小报副刊，发表个"豆腐块"。同事去保安室取信件，经常遇到报社寄给他的稿费单。几十块的居多，偶尔也有几百块的。虽然钱不多，照样惹得别人羡慕不已，笑称他是个作家。后来纸媒没落，他收到的稿费单越来越少，最后终于没有了。新媒体时代，人人都是作者，处处能发表言论。看报刊的人少了，自媒体遍地开花。百家号、公众号满天飞，发表文章不再是稀罕事。一天到晚，手机的各类资讯轮番轰炸，娱乐的、时政的、社会生活的。一个事件出来，成千上万的平台在报道，相同的信息，不同的媒体在报，铺天盖地。刚开始的时候，冠宏关注了上百个公众号。后来一一取消或屏蔽，留下来的几个也不怎么看了。这是最不缺信息的时代。冠宏的才华逐渐成了孤芳自赏。他失去了写作的欲望，情绪也没了发泄的出口。

在电影《唐伯虎点秋香》里，周星驰有句对白："人生大起大落得太快，实在太刺激了！"时代瞬息万变，快得无迹可寻，让人猝不及防。不是每一只蛹最后都能破茧成蝶，看到蛰伏后的美好春光。闲来无事，他听一个朋友的怂恿，投资了几十万元的比特币。最后的结果是由"贪"变"贫"，血本无归。亏了个底朝天还无地可诉，只能怪自己没有见好就收，且没有带眼识人。小时候母亲带

十态

他去算过命，算命先生说他没有偏财运。他想想还真是如此，次次投资皆是得不偿失。别说买彩票没有中过，连在微信群里抢红包，也抢得比别人少。别人是几块十几块，他总是一毛几毛。好比有些人年会上永远抽中的都是安慰奖，诸如毛巾、水杯、牙膏之类不值钱的东西，而有的人动不动便是手机、电视、笔记本电脑。这就是命，他从来不是手气好的人。

时运不济，伴随而来的还有健康问题。咳嗽了大半个月，他去做了个全身检查。结果说是肺大泡，必须要戒烟。医生还说他体内没有乙肝抗体，叫他去注射疫苗。且要连续注射三次，第一次与第二次间隔一个月，第二次与第三次间隔半年。正是六月酷暑，早上的疾控中心人山人海，排队，挂号，再排队，缴费，候诊。每一处都排成长龙，从早上九点等到十一点。闷热的天气，外面进来的人汗流浃背，里面的人汗湿了又干。空气里充斥着汗臭味和医院特有的消毒药水味。患者当中，有被大人抱着的孩子，也有被动物咬伤的大人。孩子们哭着进去，更凄厉地哭着出来。还没轮到的孩子被恐惧的情绪感染，未到先哭，哭声此起彼伏，躲在大人的怀里也无济于事。

候诊椅子上，有一个年轻的爸爸抱着个三岁左右的小男孩。孩子眼神怯生生的，含着的一包泪将落未落。"咱男子汉大丈夫不害怕，咱很坚强，很快就好了。"爸爸在旁边柔声细气地鼓励着，那孩子听见里面撕心裂肺的哭声，还是吓得伏在父亲的怀里。哭也没用，该来的终究要来，打针是人生面临的第一个考验。那么粉嫩、可爱的孩子，小小的、柔软的孩子，人生后面还有更大的考验等着。人生可不就是这样吗？这点小事还算不得什么，长大了要面对的困难才更多。从出生的那一刻开始，人就注定要翻过一座又一座大山。打预防针，不过是人生路上的一颗石子。只是此刻，对于这些小孩子而言，打预防针就像是难以翻越的珠穆朗玛峰了。

失业久了脾气难免会变得暴躁，他也懒得见人。原单位的办公室主任又来找他，说他党籍的保留期限已到，请他赶快办理迁离手续。作为一个无业游民，他能迁到哪里？退党就退党吧！没有不透风的墙，冠宏失业的事情还是在亲戚朋友中传开了。他们背地里都数落他放弃好好的铁饭碗，整天在家像只公鸡似的晃来晃去。也有说他好高骛远，高不成低不就的。一开始他只是三天两头地跟老婆拌嘴，慢慢地便发展成了家暴。

三

日子如同浮云一样飘过，2019年转眼又要翻篇了。在历史书上，他记得尤为深刻的是1919年声势浩大的五四运动。一百年后，这个国家呈现出中华人民共和国成立七十周年的盛世画面。然而这

十态

个世界也有令人悲伤、叹息的其他事发生。澳大利亚丛林大火不受控制地疯狂肆虐，熊熊燃烧数月仍未熄灭。火势从2019年秋天一路摧枯拉朽地往2020年春天狂奔，跨年蔓延已成定局。相较于四月份巴黎圣母院失火将八百年文明几近付诸一炬，其情状是另一种惨烈，所到之处植物化为灰烬漫天飞舞，数以亿计的动物死亡或流离失所。而国内有些地方同样火光冲天，山西沁源，四川甘孜、凉山的森林里接二连三地倒下了一个个年轻的身影。那些在救火中牺牲的消防战士，令生者恸哭流涕，他们自己则被人铭记。

震惊世界、载入史册的大事年年有，对于普通人来说，再重大也不过是过眼云烟。再轰轰烈烈的事件，一百年后亦只能沉入历史的长河，成为后人的谈资。历史上的大事没有冠宏的份儿，但是这一年发生在他身上的每一件事无不是里程碑式的，失业中艰难度日，婚姻摇摇欲坠……他亦步亦趋地跟着时代潮流走，走到哪里算哪里。2020年是个闰年，两个立春，两个四月，五个神奇周六……神奇的年份，会有什么事发生，他不知道。

小雪过后，暑热终于被北风一扫而光。下过几场雨，气温变得一蹶不振。天气一天比一天凉，隆冬将至。

咆哮帝

一

深远的天，银灰的云，翠绿的行道树，扁圆的叶子在热风中招摇。太阳缓缓落山，蝉躲在密叶深处，歇斯底里地叫着，响亮的叫声震耳欲聋。黄昏的街头像个热腾腾的蒸笼，地面的热气直往上冒，人走在上面仿佛一个个白面馒头，被湿热的蒸气熏得头昏脑涨。

老聂已经等了一个下午，焦躁得连手机也不想看了。"苔痕上阶绿，草色入帘青"的诗意陋室是没有的，桌上倒有一盆绿玉般晶莹的多肉植物，肉嘟嘟、嫩生生，让人有一种用手去捏一捏的冲动。可是看那饱胀的叶子，又生怕一捏下去会溅一脸的汁液。程处长原本只说出去见一个领导，一会儿即回来，没承想这一去就一下午，把老聂晾在了那儿。室内空调开得凉丝丝的，墙上的挂钟嘀嗒嘀嗒慢悠悠地走，老聂的心却焦灼得有如外面的三伏天。

十态

从高大的落地玻璃窗望出去，天尚未黑，高楼的剪影苍茫惨淡。行人走在那巨大的阴影里，灰扑扑的一块块，阴沉沉的一片片。若从高空俯瞰，人们像一只只缓慢爬行的蚂蚁，渺小、可怜、弱不禁风。城市里没有袅袅炊烟，包裹在日光余威中的房屋却仿佛在熊熊燃烧，冒着白烟。

出来逛街的人不多，临街的店铺冷冷清清没什么人。对面店主一家大小围坐在里屋的一张小圆桌旁吃晚饭，电视的声音很响，听得见主持人正用广东话播报新闻。老聂一根又一根烟地吞云吐雾，瞥见靠窗的盆景的泥土表面凌乱地插着几只烟蒂。像被先行者的惯性引导，他完全没顾虑到这是在别人的地盘，鬼使神差地直接把烟头摁灭在里面——尽管旁边的茶几上就有一只烟灰缸。

天渐渐暗下来了，又等了半个钟头，程处长才来电话，说有个饭局非要他去不可，指不定什么时候方能脱身，叫老聂先回去，改日再议。累别人白白等了半天，他觉得过意不去，再三表示抱歉，也是难得。老聂压着心里的不快，像个泄气的皮球。不过他仍然用洒脱的、毫不在意的口吻连声笑说："不打紧，没关系。"

在领导和客户跟前，没有比老聂更温顺的人了，但他在下属面前却以咆哮著称，像极了被琼瑶剧哪个男主角附体。这是因为他肺活量惊人，咆哮起来足以令人肝胆俱裂——很有当男高音歌唱家的潜质。若是在古代，估计能让敌人闻风丧胆，连搞清洁的阿姨每每听到他的咆哮都忍不住惊叹："这嗓门，不得了哟！"

别看老聂已年过五十，每次团建活动他的成绩总是名列前茅，公司一年一度的游泳比赛他年年拿第一名是有原因的，也是实至名归的。不能说其他人消极比赛故意让他赢，他的确有这个实力。他的纪录保持了多久，没有人记得，还能继续保持多久，也没有人敢预测。"岁月不饶人"这句话似乎不适合用在他身上。他永远是那么精力充沛、生龙活虎，在年轻的后辈面前不遑多让，老当益壮。

二

老聂单名一个"威"字，个子不高，皮肤黄黑粗糙，略有点鹰钩鼻，微凸的大眼睛炯炯有神。一张尖尖的嘴，两只门牙稍微外露，笑起来露出两条沟壑深深的法令纹。他是典型的长得短小精悍的人，然而小小的身体爆发出的大大的能量不容小觑。

他来自皖北，在广州读的大学，毕业后留下来创业多年，学得一口流利的广东话。在这里成家立业，有车有房有事业，连生活习惯也广东化了。平时不用见客户，穿着打扮很随意，完全看不出是拥有几家公司的老板。简简单单的一件纯棉T恤，黑白灰轮换着穿，配上一条大裤衩就堂而皇之地出门。进了办公室，换上一双轻便的拖鞋，吧嗒吧嗒地走来走去。坐下来跷起二郎腿，一张报纸全面摊开，端起潮

十忿

州朱泥茶壶，直接就着壶嘴呷茶。广东人那一套生活做派，他学得十分到家。只要不说家乡话，一般人看不出他出生于何处。

老聂常说，成大事者不拘小节。不管男人女人，不应把心思都放在打扮上。很多著名的成功企业家也常穿着一件价格便宜的衬衫出行。

这些年，老聂一路摸爬滚打过来，公司一家一家地开，也会有因思虑过度而致失眠的时候——据他所言，有时一晚只睡三四个小时。因此他起得晚，日上三竿还在床上躺着，别人快要吃午饭了他方才吃完早餐。中午临下班的时刻，他慢悠悠地来到公司，呼朋引伴地召集大家开会。

开会期间，他在台上龙精虎猛地讲，其他人在下面饿得饥肠辘辘，强忍着听他训话。被点名批评者耷拉着脑袋，好像被淋了一头的狗血。因为有点龅牙，最显著的两只门牙之间的罅隙又太大，老聂一咆哮就满嘴的唾沫星子喷出来。在他跟前的人平白无故受了一场淋浴的洗礼，尴尬得不得了，又不好出声抗议，旁边幸免于难的人则偷偷地抿嘴笑。所以看他批评教育，总叫人想起"春风化雨，润物无声"的画面。

及至听到大家的肚子打鼓抗议，老聂才猛然意识到该"刹车"了，他让前台的小女生帮大家订快餐，一律由公司报销。外卖来了，吃完接着开会，开到又快下午上班了仍意犹未尽。非等到他说得口干舌燥，才不情愿地散会。因此，大家一提到"开会"二字就深恶痛绝。然而，老聂也自有他幽默风趣的一面。骂起人来绵里藏针、含沙射影，骂一个人往往连带几个人一同受到牵连。引得在场的人哄然大笑，挨骂的人羞愧得涨红了脸，一直红到耳根。被骂得多了，飞扬跋扈嚣张惯了的中层领导，只好找机会把气撒在比自己职位更低的员工身上——真是可怜之人必有可恨之处。

新人来来去去，剩下有资格参加会议或接受训话的基本是公司元老或新官上任准备大展拳脚的中高层。级别不够，连挨骂的资格也没有，仿佛这是一种不算自豪的荣誉。老员工跟着老聂从创业之初一起打天下过来，待遇自然不差，对老聂的咆哮早已习以为常。于是，一年一年忍气吞声地过下来，也一年又一年各怀鬼胎地过下去。

如果碰上心情不好、兴致不高时，老聂就把会议取消，将各部门的头目轮流叫到办公室谈话。别看他素日风风火火的，也有优游淡定的一面。泡一壶上等好茶，在茶香氤氲中靠在软塌塌的沙发上，一边慢悠悠地锉指甲，一边低着头慢条斯理地说话。被谈话的员工战战兢兢的，看他跷起兰花指在那儿锉指甲，不寒而栗地想起《笑傲江湖》里绣花的东方不败。面对如此诡异的气场，世面见得不多的人恐怕还没坐定开口说话，便被镇住了。老员工见怪不怪了，个别新人初次见此阵仗，汇报工作时不免支支吾吾、语无伦次，像惊悸的林间小鹿，几欲撒腿就跑。

<h1 style="text-align:center">三</h1>

说不上来老聂是成功还是失败。二十多年前，互联网刚刚在国内兴起，学自动化专业的他敏锐地嗅到了商机，做起了在线教育。没多久便赚得盆满钵满，几家公司又分别开了分公司。养着几百号人，搞起活动来敲锣打鼓，好不风光。渐渐地，他飘了，像脱手的气球，越飘越远，远到与妻子离了婚。妻子是他的大学同学，是个老师，长久相处下来，贤惠变成了乏味。

后来老聂一直没有再婚，家里除了老母亲，就养了两只肥大的萨摩耶，一白色一浅棕色，均是公犬。他拿它们当宝，吃喝拉撒睡照顾得无微不至。夜晚沿着江滨路散步，别人拖家带口，他是拖家带狗。有一次，他去海南出差，碰巧老母亲又回乡下老姐妹家小住。他早上从广州乘飞机出发，晚上非要飞回来，第二天早上再飞过去。原因只有一个：放心不下他的爱犬。这奇闻在公司是早出了名的，成为大家茶余饭后的经典笑谈。

王朔说："中年人的爱情都很脏。"老聂觉得这话不好听，但也承认有它的道理。他对女人的信任度，还不如他养的两只爱犬。吴菁和田莹莹是公司资历最深的"开国元老"，两个人都已年过四十了。吴菁比田莹莹年长两岁，性格十分彪悍，不像做小伏低肯屈就的人。她是个有夫之妇，儿子都十三岁了，与老聂的绯闻不知道是真是假。她俩在公司地位相当，年龄相近，伴着老聂出生入死多年下来，关系也比较好。

田莹莹迄今未嫁，她跟老聂的关系则是大家心照不宣的秘密。家人对她跟老聂的事早有所耳闻，劝止不住，差点与她断绝关系。这田莹莹非常善于装模作样，在别人面前一副冷美人的做派，在老聂面前却很会把握节奏，独处时常常哭哭啼啼以示委屈，借此排除异己。据说当年老聂与老婆离婚，田莹莹没少在暗中煽风点火，更有知情者称其为老聂家庭破碎的罪魁祸首。她费尽心机推波助澜，老聂也终于恢复单身，却没想到她还是没能被扶正。所以她对闺密小唐总是又羡慕又妒忌还有一点点恨。小唐都是奔五的人了，还亲热地"小曹小曹"地唤自己老公。

多年来，新欢旧爱为老聂争风吃醋的风言风语没有断过。要说最让老聂念念不忘，也是耿耿于怀的，还得数一个叫王夏婵的女人，也是传说中老聂众多女人当中最为美貌的一个。然而吴菁和田莹莹曾观点一致地点评她："美丽是清新脱俗的，她跟美丽不沾边。再妖娆妩媚，至多也只能称作漂亮，算不上美丽，典型的'金玉其外，败絮其中'。"她俩容颜已衰，故而常自我催眠道："女人'笨'一点没关系，就怕蠢。蠢，说到底是没什么文化涵养。"

十恋

王夏婵也是有老公的人。一个整天不回家的女人，跟着老板到处去跑项目、出差应酬，老公起疑是最正常不过了。苦于没有捉奸在床或十拿九稳的证据，一直没办法理直气壮地兴师问罪。终于有一天忍无可忍地杀到公司，跟王夏婵在走廊吵了起来。两人张牙舞爪、剑拔弩张，从吵着吵着发展到大打出手。闻讯而来的吴菁好说歹说稳住了他们，避免出更大的洋相。很多同事目睹了这出闹剧，表面好像事不关己高高挂起，在假装埋头工作，实际上都是抱着看热闹不嫌事大的心态。碰巧那天老聂没在现场，惊险地躲过一劫。

丢人都丢到公司来了，王夏婵自觉没有脸面待下去，没多久便辞职另立门户了。不过她带走了很多客户，令老聂大为光火，气得扬言要在业内封杀她。这也怨不得，跟了老聂那么久又什么都没捞着，落得个婚姻破裂夫离子散的下场。女人狠起心来，比男人有过之而无不及。有了前车之鉴，老聂自此对女人变得疑神疑鬼。当然，对男人也是如此。

四

老聂身边的女人换了一个又一个，同在一处工作，女人们表面上平静客气，实际上暗流汹涌。老聂拈花惹草的传闻太多，她们没少猜忌、怄气。无风无浪时暗中较劲是免不了的，遇着共同的敌人也不得不冰释前嫌联手抗敌——"停止内战，一致对外"嘛。

他们公司是出了名的盛产云英未嫁的"高龄少女"，每个部门都有好几个"标梅已过，嫁杏无期"的女同事。称其"高龄"又是"少女"，是因为尽管年龄上已经过了普遍意义上晚婚晚育的范畴，但思想上仍处于不成熟的少女阶段。像四十多岁了还热衷于追星的不在少数，将年龄能做她们儿子的"小鲜肉"作为心灵寄托，掩饰内心的空虚寂寞。

由于"近朱者赤，近墨者黑"，这些"高龄少女"形成了她们共同的特点：眼高手低，大有把单身进行到底的架势。求偶路上不顺利，反而造成了她们自视甚高，对身边的男人逐个评头论足，说这个奇葩，那个癫蛤蟆想吃天鹅肉，把他们视若粪土，看成了脚底泥。她们认为"没有嫁不出去的女人，只有娶不到老婆的男人"，既然做不了让别人顶礼膜拜的公主，在自己的世界里做个女王也不错，起码不用对他人三跪九叩，自降了身份。

大千世界，无奇不有。这些题外话听起来似乎很奇葩，却是事实。大家窃窃私语，不知道是不是风水的缘故。

除了同事之间的八卦趣闻叫人津津乐道之外，老板的兴趣爱好也是大家聊不完的话题。在弱肉强食的职场，溜须拍马者像乡下人餐桌上的苍蝇，拍之不尽，嗡嗡不绝。能混到高级境界的，毕竟是物以稀为贵。人事部总监姚晓臻也是狂热的爱狗人士，当年刚来就

十态

听闻老聂爱狗甚于女人的逸闻趣事，所以一有机会便逮住，跟老聂交流起养狗心得。

果然物以类聚，老聂遇着姚晓臻如获知音，两人很快打成一片。不得不说这对姚晓臻当初能提前转正又站稳脚跟起到了很关键的作用。这点爱好对他在公司的仕途可谓影响深远，也令旁人羡慕不已。也许是爱犬占据了他太多的爱，因此不惑之年了仍是一条"单身狗"。同事背地里打趣他生得相貌堂堂但境界更高，不用结婚生子，可以搂着两只狗过一辈子。

姚晓臻初来乍到便成了老板跟前的红人，稳坐总监位置，无怪旁人眼红。短短数月，公司便冒出了很多宠物爱好者。与老板志趣相投，话题多了，玩到一起的机会自然多，多少能加点印象分。不过爱好归爱好，要是工作做不好，老聂照样是翻起脸来不认人的。

五

那会儿，正是老聂的事业上升期，运气也站在他这一边。香车美人出席各种社交场合，头昂得高高的，眉开眼笑。人如其名，好不威风。他得意扬扬地放出话来，要把公司做成全国顶级的在线教育机构。可时代瞬息万变，竞争对手如雨后春笋般冒出来，而且有的做得比他还好。在群雄逐鹿的教育行业，前有虎狼后有追兵，老聂的客户不断流失。随着公司越来越走下坡路，他的脾气变得越来越暴躁，咆哮时的音量也越来越大，一点小事就足以使他暴跳如雷。

几百名员工，拖家带口地唯他马首是瞻，盼着他发工资开饭。员工多，负担重，效益低，老聂可谓压力山大。刚开始拖欠工资时，大家还是很乐观的，以为只是公司一时周转不灵。慢慢地，延发工资成了常态，以至于同事之间见面的第一句话由"吃饭了没"变成"发工资了没"。大家一边盼星星盼月亮地盼发工资，一边嘀嘀咕咕地恼恨老聂无能，开着那么多家公司又养不活员工。

难怪员工们灰心，眼见着人员不断缩减，节假日的福利也开始缩减，连新进来的人都察觉到公司有多么举步维艰。可是天天喊离职的人喊了几年依然是纹丝不动地每天按时上下班，不迟到不早退，到了年底颁发优秀员工奖也必定有份。倒是没怎么抱怨过的人，前一天还好端端地跟大家有说有笑，第二天突然就悄无声息地不来了，低调得像从人间蒸发了似的。

工资只是有拖没欠，半个月、一个月、两个月、三个月，甚至半年……老聂初时还是很大仁大义的，把拖欠的工资像银行存款一样连本带利给大家发放。时间长了，公司效益没有上去，利息便没了。不得已注销了几家分公司，缩减了一大半人。不过烂船还有三千钉，可以勉强撑下去。熬不住的人纷纷另谋出路，当然是工龄不长的新人居多。老员工基本都是忠心耿耿、坚如磐石地一副任你千变万化，我

十态

自岿然不动——以不变应万变的态势。他们要是离开老聂这棵大树，可以想见未来，以他们的生存能力大概率要每况愈下。

平心而论，这些老臣子追随老聂多年，早年还是很卖力的，跟着老聂创业打天下，有福同享有难同当。公司上了轨道，老聂有肉吃有汤喝，他们也跟着吃肉喝汤，一个个买车买房安居乐业。然而混吃混喝这么些年下来，什么斗志都消磨殆尽了。温水煮青蛙，不知不觉地惰性随着工龄逐年增长。偷奸耍滑的陋习养成了不少，职业技能的水平却没什么长进。老聂碍于多年情分，不好痛下杀手，只好找工作上的借口大发雷霆，用咆哮的方式予以发泄。

被训话最多的是运营部总监顾磊。他为公司忠心耿耿地服务十一年了，从毕业熬到如今，从愣头小子熬成了油腻大叔。本就油腻，还整天打扮得油头粉面，以致更加油腻。他有多少本领早已显露无遗，剩下多少斤两，老板亦看腻了。黔驴技穷，年龄又不上不下，拿着高薪又没有多大作为，任哪个做老板的看见了都要来气。连他的下属经过他的办公室门口，见他在里面坐着看手机，都替他感到危机四伏。所以其他部门有事找他，他来者不拒，哪怕明知是浑水也照样蹚——只要有机会表现一下。大家说他为人随和，好说话好相处，是好同事的典范。只是他常常把事情接过来，转手交给下属便拍拍屁股不管，导致下面的人一肚子怨言。

然而好事向来是很少主动找上门的，其他部门找他协助的，基本是棘手的烂摊子，搞不定才丢给他。他乐呵呵地不管麻不麻烦，先接过来再说。工作太闲的人容易心虚，也没有存在感。所以尽管知道对方不怀好意，他亦照接无误，堪称"接锅侠"。如此一来，不仅为自身树立了好形象，博得了好名声、好人缘，而且忙得风风火火，最可体现存在价值。

不幸的是，顾磊从来就是那种说多错多、做多错多的人。一不小心把别个部门的同事得罪了，还得挨老板的骂。回到家跟老婆一说，本想讨两句安慰，殊不知老婆竟又直白地说他蠢——一把年纪了也没点儿长进，专干些吃力不讨好的事，搞得自己两面不是人。

这样的次数多了，顾磊学聪明了，连对付老聂也总结出经验来了。老聂安排他做的运营方案，即使早早完成，不到截止时间也是万万不肯提前递交的。他是存心延误，免得交早了时间充裕，老聂又要在鸡蛋里挑骨头。从前饱含血与泪的教训就是：折腾来折腾去，折腾一番搞到人吐血，最终定下的还是最初的方案。

六

这天一大早，姚晓臻背着双手正在巡视各个办公区域，看有没有人迟到或者在工作时间做些跟工作无关的事。那神气，比东方不败练成了《葵花宝典》还要得意。开放式的大办公室，宽敞、明

十态

亮，一排排办公桌和椅子井然有序，端坐的员工仿佛流水线上的工人。每隔两个座位摆放着一盆翠生生的绿萝，掩映在绿萝丛中的，是散乱的文具和资料，签字笔、铅笔、橡皮、固体胶、便笺、尺子、订书机、笔记本，还有报销单和发票。每个人被堆放文件的夹子和架子间隔开，对着自己的电脑，形成一个个独立自主的小世界。保洁阿姨木着脸在忙碌，吸尘器呜呜咕咕地像狗一样追着人叫。

视察没有发现任何异常动静，姚晓臻才鸣金收兵，往自己的小办公室归位，碰巧在过道遇着顾磊。两人原地站定，像特务接头，轻声说着公司最近的新闻。说到激动处，顾磊鬼头鬼脑地比画着，不吐不快地道："凭什么呀？当人家是傻子，以为一声谢谢就可以了吗？谁稀罕呢！"姚晓臻低头听着，微笑不语，半晌方笑道："就该这样！这些人眼高手低，明明可以自己做的，偏偏叫别人代劳。"深有体会并同仇敌忾似的表示赞同。

姚晓臻又说到财务部的老邱提了辞职，老聂也批了，月底就走。顾磊听了不禁怅然，忍不住感叹一声。毕竟一起工作七八年了，说一点情谊都没有是不可能的。其他知情的同事也一样，觉得甚是惋惜，纷纷摇头叹息和打探离职原因。财务部那些管控各类费用的"财神爷"，谁平日有点什么报销、结算、提成、工资的问题，免不了要和他们打交道，每逢节假日发放福利，他们也向来是"春江水暖鸭先知"，因而格外受人尊敬。特别是拖欠工资以来，问得最多的"什么时候发工资"这个问题，只有他们能给出准确的答案。资深"财神爷"老邱，这些年来不管是做出纳还是会计，受惯了大家的客套笼络，连田莹莹和吴菁都要对他客气三分。不过人之将走，旁人除了感慨几句之外，也没什么好说的。人来人往多了，大家也就心中再无波澜，淡然处之了。所谓的人走茶凉，空话套话都懒得说，不外如是。

这两年公司人员流动性大，人员变动多少会影响心情。每次看到有同事退出公司的微信群，他们都难免生出"兔死狐悲"之感。尤其是关系好的同事离开，心里总要空落落好几天。老同事熟悉掌故，小道消息灵通，可以互为探子透露风声，别的部门有什么风吹草动能及时掌握。若是换了新人，性格和人品都是未知数，合不合得来很难说，相当于损失了一个盟友。所以年纪越大的人越喜欢稳定，不喜欢周围的人事环境有什么变动。姚晓臻提议他们要好的几个同事约个时间，请老邱一起吃个饭，作为饯别宴。

他们窸窸窣窣地在那儿咬耳朵，一咬就是半天，像久别重逢的老友，低声说低声笑，轻言笑语地聊个不住不休，说到共鸣处又一起感慨。偶有人从旁边经过，他们也并不避嫌，仍旧若无其事地沉浸在愉快的聊天中，把别人全都当了空气。他们自以为没人留意，可在那并不算隐蔽的过道，又是那样鬼鬼祟祟，即便傻瓜也估摸得出是在说旁人听不得的八卦趣闻。终于等到他们察觉聊得太久太显眼了，方才意犹未尽地告辞回各自的办公室。

七

今年对于老聂来说是异常艰难的一年，麻烦绕着他满天飞。版权、合同、劳资等问题惹来的官司一桩接一桩，一场打完再来一场。他不得不低声下气求爷爷告奶奶地找人帮忙消灾解难。烦得焦头烂额，他更加怒火冲天地发脾气。被骂得狗血淋头的下属一边听着他训话，一边担心他会不会因为怒火攻心而突然爆血管。

这个时候，大家心里油然而生的不再是那个把指甲锉得像绣花般优哉游哉的形象，不是酒桌上"画大饼"、对下属耳提面命的老板，也不是对着客户侃侃而谈、意气风发的企业家了。每当听到老聂在会议室里面训话，前台的小女生总是战战兢兢地站在门口，犹豫再三，纠结着要不要敲门打断一下，为他斟茶递水或弱弱地问一声"要不要订外卖"。她不敢贸然进去，怕"沙尘滚滚，错杀良民"。

从程处长那里出来时，街上的广告牌和霓虹灯闪闪烁烁。路况有点堵，车来车往，一辆接一辆，另一边车道迎面开来的车，车头灯直愣愣地照过来，那光直往人的眼睛里射。过了几处红绿灯，拐了几个弯，还是无法摆脱拥堵。老聂开着车行驶在黄昏的公路上，公司的人和事，一个个、一桩桩、一件件，像电影镜头掠过脑海。剪不断，理还乱，没有省心的。这些年来几乎天天见着的呀，可是，他仿佛不认识他们！真出了事，还得他自己拿主意。

回到小区，夜幕已经降临。憋了一白天的大妈们如获大赦，全员出动。音乐响起来了，是被关了一天后出来放风的人，不甘寂寞地舞起来了。她们人手两条丝巾，左边挥一挥，右边甩一甩，扭着屁股原地转一圈，走两步再转一圈。在朦胧的夜色中，在模糊的灯光下，自有一番风韵。她们热烈地舞着跳着，吸引了不少吃过晚饭下来闲逛的大叔大爷围观，兴致勃勃地欣赏她们的舞姿。

路灯旁的紫荆树飘落一片泛黄的叶子，黄澄澄的，像一只枯死的蝴蝶飞下来，落在地上后还翘起两瓣翅膀，在风吹过时轻轻颤动。进了家门，老聂直接把皮鞋甩掉，砰砰两声，然后把袜子也随手一扔。他赤着脚走到沙发跟前，懊恼地一屁股坐下来，像遭了人家戏弄又无处发泄的样子，郁闷至极。窗外，月亮升起来了，星星也探头探脑地一颗颗冒出来，直叫人想起李商隐的"星沉海底当窗见，雨过河源隔座看"。

鬼　才

一

　　雨声潺潺，连续十几天无休无止，好像已经下了一整年。不料，程书霖住院的第二天却突然放晴。稀薄的阳光透过走廊的玻璃窗照进来，柔弱得与他惨淡的心境一样了无生气。黄黄的、潮湿的春日，有看不见的细菌在空中轻舞飞扬。书霖躺在病床上，尽可能地往窗外望。影影绰绰的棕榈树长得横七竖八，拥挤不堪，一蓬一蓬生涩的青叶子味涌进来。春色已有燎原之势，不过与他无关。他非常虚弱，不能吃不能喝，插着尿管和胃管，连动一下都需要极大的气力。

　　书霖出生于粤东的一个小县城，典型的"东方犹太人"。他是个有故事的人，且自诩为鬼才，就算没有故事也会制造些故事出来。然而鬼才了这么些年还没有名扬天下，难免自信心要受到打击。医生说他有点抑郁症。平时呼朋引伴，谁也没有他热情到位、豪爽大方；亲戚中哪家有点困难，谁也没有他义薄云天、肝胆相照。他绞尽脑汁地为自己庸常的生活增加亮色，在书房贴满了与政界、商界、文艺界的名人的合照，还有不断蔓延之势。艺术天赋并不出类拔萃的人，为了增加自身的争议性和故事性，并引起他人的兴趣和谈资，往往拼命地发展自己的情史，还美其名曰寻找灵感。当然，书霖可不是这样的人，他是真诚的。

一个偶然的机会，他在宴会上遇着个三线小明星。恰好那段时间，小明星因和一个有妇之夫的绯闻而占尽娱乐版的头条，可谓热点人物。不少宾客像花钱进了动物园一样，纷纷与之合影，一沾荣光。书霖也热诚地上前套近乎，求得合影并发至微博和朋友圈。自然少不了一番赞美和自得之词，表达与女神亲密接触的荣幸，收获一片点赞和羡慕之声。不得不说，爽朗健谈、人缘广，是有道理的。

他很喜欢说自己的传奇人生，从家史、情史再到工作史，不厌其烦，别人从不用担心冷场。陈旧的故事一经他反复述说，很容易推陈出新。当然，即使延伸出许多枝枝节节，人家也不大深究是添油加醋抑或无中生有。身边的人因为常听，早已烂熟于心，听着也就是听着而已。有时，他与别人讨论文艺界的掌故和当下的状态，说到激动处，也会忍不住拍案慨叹。圈子里在世的前辈，没有让他佩服的，死了的人才成为传奇。他用愤世嫉俗的眼睛看着倾听者，

十态

为自己生不逢时深深地感到惋惜。

书霖曾在老家短暂地做过计生工作，这也是他津津乐道的一段经历。在20世纪八九十年代，那可不是一件容易做的工作。从前重男轻女的观念根深蒂固，女人倘若不幸连生数女，就得做好"超生游击战"的准备。书霖是稀有地幸运，三个不同的女人为他生了三个儿子。然而也有不幸的，书霖见得多了，便对此工作产生了厌倦，在一个月黑风高的夜晚，他搭上了开往异乡的汽车。他想等混到光鲜亮丽，有更好的颜面回去面对江东父老。

书霖第一任妻子叫若兰，一个人如其名的女子。兰花般馨香、美好，是他一生中最念念不忘的女人。从前的婚恋观念很单纯，他们相识、相爱、结婚生子，一切都是那么顺理成章、水到渠成。她美丽大方、温柔贤淑，可惜没有福气，没等到书霖飞黄腾达就因难产而去凹了。很多年以后，书霖还清楚地记得那个阴天的下午。她奄奄一息地躺在床上，来不及抱一下刚出生的儿子，终年二十三岁。在极好的年华，凄然离去。那是1995年的腊月廿七，已是岁末，急景凋年。各种鸡零狗碎的琐事来不及冒出来，各种矛盾摩擦来不及吞噬他们之间的爱。定格的悲剧色彩，永远地留在他心里。对于这个妻子，书霖写过很多文章寄托哀思。

女同事跟他暧昧不清，女同学和他藕断丝连，女学生为他未婚生子，第二任妻子生完儿子后同他分道扬镳……他身边的女人来了又去，如匆匆过客，如过眼烟云。唯有若兰香如故，在他心中芬芳永存。幸好，还有三个同父异母的儿子陪伴身边。他从老家请了一个五十多岁的阿姨来做保姆，照顾他们父子几个的起居饮食。

父子四人一桌子吃饭，他意识到缺少情调，所以常常对人说："谁给我生一个女儿，我给她一套房子。"不过这美丽的愿望一直没能实现，尽管他是出名的风流才子。他看得上的女子看不上他，看得上他且甘心做三个孩子后妈的女子，又是他所看不上的。年轻漂亮的女学生有多少跟他暧昧不清，连他自己也记不清楚。

倒是有个一起进修的女同学莲对他情比金坚，可那是个比他大七岁的、结过婚生过孩子的女人，根本无法再为他生儿育女。对方飞蛾扑火般为他离了婚，从杭州追随至广州，这份感情是想断难断。二人并没有同居，书霖只是偶尔去她租住的房子过夜。她也在书霖的家中自由出入，宛如屋子的女主人、三个儿子的妈。两人一起快六年了，双剑合璧搞画展、办艺术报刊，或者组织青少年的美术比赛与培训。

莲那仿佛用刀削尖了的下巴时常仰得高高的，说起话来摇头晃脑，整个身体也配合着花枝乱颤。脸上厚厚的一层粉，像墙上的腻子一样结实。冬天已过，双颊还处于被冻伤的状态。更年期的女人情绪起伏非常大，好端端的突然就晴天霹雳地发脾气。家里的保姆受不了，更换的频率快得像旋转的风车。最后她干脆不请专职保

十态

姆，只请钟点工偶尔来家里打扫一下。有一次，因为工钱的问题，莲跟钟点工吵了起来。她的怒火简直要冲破屋顶，直达云霄，像火山爆发似的骂起来："你再胡搅蛮缠我就报警！给脸不要脸，还上头上脸是吗？漫天的巴掌打肿你的脸！"声音锐利得像薄薄的刀片，杀伤力惊人。一路摧枯拉朽地削过来，所到之处寸草不生，隔壁的邻居都听得清清楚楚。午睡的书霖被吵醒，好说歹说稳住局势，自掏腰包打发了钟点工。然而当下他便心意如铁——决不能与她结婚。

二

年纪渐长，书霖想风流也有心无力，倒信起佛来。屋里供奉着观音菩萨，常年香烟袅袅。每月总有几天躲在家中闭门谢客，潜心修行。前年去西藏旅游，他还拜了一名藏传佛教的高僧为师。饮食上，他隔三岔五地吃斋。芹菜陈醋拌木耳、芝麻油蒜蓉拌面条，外加玉米番薯芋头等五谷杂粮，清淡得不能再清淡了。

儿子们正是发育长身体的阶段，与他分开吃。同一张饭桌，一边是青菜豆腐，一边是鸡鸭鱼肉，相映成趣。吃着同样的饭菜，几个儿子倒是生得风格不同、形态各异。大儿子高高瘦瘦像根竹竿似的，说话慢吞吞，做事优柔寡断。二儿子不苟言笑，一双吊梢眼仿佛藏着一个复杂的世界。小儿子白白胖胖，浑身肉嘟嘟，小小年纪说话十分老成。单位发的工资不多，书霖的副业倒搞得风生水起，三个儿子读贵族学校，不搞点副业怎么成？别墅是早年买地自建的，在单位旁边的茶餐厅生意也不错。里面设有一间雅房，起名竹韵堂——书霖的别号叫竹韵先生，为平时待客和作画之用。

阳春三月，书霖和莲一同去江南采风。天气出奇地反常，炎热似盛夏六月。一路上骄阳如火，窗外的太阳像只大火球似的炙烤着芸芸众生。一辆大巴黑压压地塞满了人，空气中夹杂着人的温热的气味。一对年轻夫妇坐在最后面，女的横抱着一个三四岁大的男孩。男孩不言不语，只是歇斯底里地啼哭不止，任由那对年轻人怎么劝也无济于事。孩子仿佛越哭越来劲，哇哇的，听着分外刺耳整个车厢里都是他的哭声。车上又闷又热，乘客们都面有愠怒之色，怪那对夫妇没能耐，连一个小孩都哄不好，也怪那孩子太能哭。中途下去了几个乘客，车就停在那里大约半个小时，迟迟没有启动。

车上的议论声越来越高，据打探来的消息，有人报警说车上有被拐卖的儿童。警察正在跟司机交涉，又把那对年轻夫妇带走了。那妇女气鼓鼓地说："一定是他！他妈的胡说八道！"估计是指坐在她旁边的一个中年男人，孩子的哭声吵得他不耐烦，下车的人当中便有他。也不一定就咬定这孩子是拐卖的，只是纯属搞个恶作剧出出气。年轻夫妇抱着孩子下车接受了半天盘问，又怒冲冲地回到

十态

车上。充满市井气息的见闻，零零碎碎如散落一地的纸片，书霖觉得自己是隔着云在观看，是抱着为艺术牺牲的精神混迹其中的文人墨客。

这次活动的策展人是一个叫苏凯风的三流画家，书霖曾因小事与他不欢而散，后来又冰释前嫌。毕竟这圈子太小，心里瞧不起就罢了，再见时则一笑泯恩仇。同行之间，在摸不透对方之前，大家总是不动声色，一副高深莫测的样子，互相客套地微笑一下，连点头打个招呼的态度都控制得很好，深恐自己表现得过分热情贬了身价。及至深入了解，一边鄙夷别人，一边暗自懊悔竟与不入流的人混在一起。熟稔之后，再次相遇时高帽自然是少不了，彼此郑重地吹捧一番。只是同道中人，各人自视甚高，相轻得严重。

是日黄昏，一帮人在山上的一家画院落脚住宿。午夜了，大家还把酒言欢，很有古代文人曲水流觞的集会做派。书霖喝得醉醺醺的，东倒西歪地嚷着要出去观星赏月。月初的天边疏星寥落，澄明无月，山中晚风徐徐，倒也别有一番意境。书霖兴致大发，引吭高歌起来。歌声浸润着酒意，歌不成歌，调不成调。从湖岛上远远地飘出去，听着像夜间荒郊野岭的鬼哭狼嚎。他全然沉浸在自己的放荡不羁里，不知今夕何夕。月黑风高的，山上的路又崎岖不平，两个朋友一左一右地搀扶着书霖，以防他失足跌倒。

大概是喝多了酒和夜晚吹了山风的缘故，采风归家没多久，书霖就开始觉得胃里翻江倒海般难受。这天中午，正是午饭时间，竹韵堂两旁的餐饮店生意非常火爆，人声鼎沸。热闹的小食店飘出新鲜诱人的饭菜香气，所有人都吃得有滋有味。然而他没有半点食欲，倦倦地想回家睡觉。步出门口，阳光直直地照在他苍白的脸上，冷冷的，十分刺眼。街上车来车往，他过马路正走到一半，绿灯变成了红灯。一阵急刹车声传来，差点被一辆的士撞个正着。没撞着，他也倒下了，把的士司机吓得半死。送到医院一检查，是十二指肠溃疡。

三

临近清明，住院的人少，整间医院变得很安静。病房墙上的电视很小声地开着，也能听得清清楚楚。绿漆窗棂的玻璃窗半开着，雾一样的阳光溜进来，淡蓝色的窗帘被熏风吹拂得飘飘摇摇。莲寸步不离地守着，没日没夜。难得合上眼，又被书霖的呻吟声吵醒，半夜还要亮起灯，把另外两个病友闹醒了。一间病房，并排着三个床位，书霖是最里的一个。中间是一个二十多岁的小伙子，靠近门口是一个五十多岁的男人。雪白的床单，明晃晃的白炽灯。小伙子做完手术非常虚弱，不怎么说话，偶尔用微弱的声音喊痛。而那中年男人却整天不停地哼哼唧唧，喊这里痛那里痛。他的老婆儿子轮

十念

流守着。那沉静内敛的妇人跟她丈夫年纪相仿，头发微卷，长得很是健壮结实。

春天的雨哗哗地下了一个夜晚又一个上午，到了下午才现出一点白白的日影。躺了大半个月，书霖的病情终于有所好转。然而这样低迷的心情，使得书霖没有任何与人交流的欲望。等到可以下地行走时，他便绕着房间狭窄的过道慢慢地踱步。最初来回地踱几步歇一歇，然后扩大范围至病房外的走廊。终于能够把足迹延伸到住院区弯弯曲曲的长廊，他就每天傍晚都要一遍遍地绕着走。长廊两旁的扇葵长得杀气腾腾，紫荆花粉的粉、红的红，风一吹，摇落了一地的花瓣。夕阳在远处的高楼上缓缓地往下坠，红彤彤的，喷水池的水花也被照得金光四射。大病尚未痊愈，淡淡的斜阳照在身上，书霖觉得整个人虚飘飘的。他漠然地望着天边的晚霞，心里空荡荡的。暮色苍茫中，天空由灰蓝渐渐地暗沉下去，天边剩余的一抹霞光穿透那些层峦叠嶂的云团。骤然看到远处高楼的玻璃窗上的反光，气若游丝的一点光在进入黑夜前像风中的烛光一样弱不禁风，使人日落西山的感觉更加明显。书霖想起这些年或惨淡或光鲜的经历，有一种苍苍茫茫的身世之感——从来没有对夕阳这样恋恋不舍过。

天气忽冷忽热、时雨时晴，许多人感冒了。那日中午，莲出去到外面吃午饭，回来的路上忽然下起雨，躲避不及，头发被淋得半湿，当晚就感冒咳嗽起来。迷蒙细雨笼罩着的医院，空气潮湿得几乎要拧出水来，人也快发霉了。夜深人静时，病房里也能听到远处遥遥传来夜间娱乐场的歌声。歌女不知病者痛，隔空又唱《女人花》。电视上说，今年的厄尔尼诺现象特别严重，由于雨水一直大范围地滞留在南方，北方干旱，使得春雨比油还贵。而南亚的印度早早地进入了夏季，高温与干旱严重，常有人被热死，高温炙烤下，到处一片哀号与荒凉，有些村庄的男子因没水洗澡而娶不上老婆。

清明将至，医院的游魂会不会更多？顾虑到这一层，书霖见自己已经恢复得差不多，提出要出院。医生郑重地建议他再观察几天，但他不想在医院里过清明，执意要回家。出院前一天的晚上，外面的雨早已停了。淡墨色的天空，一轮月亮在游移，一步一步，缓慢地钻出来，又躲进去，在云层里闪闪缩缩。书霖突然被一阵号啕大哭吵醒。那中年男人的老婆一边哭一边说："他不理我了，我喊他都不应我了！呜呜……"她伏在床沿，撕心裂肺地哭得两只肩膀一耸一耸的，仿佛天塌下来了。隔壁病房的家属和护工被吵醒，有人在门口偷偷地张望。不来张望的也猜得出发生了什么事。她旁边的儿子安慰道："妈，你别这样，你这样会吓着人家的，妈！"安慰无济于事，那妇人越哭越大声。病房里的三盏灯只亮了一盏，大家睡梦中被朦朦胧胧的灯光刺醒。值班护士二十出头，像是个

十忌

实习生，对这种突发情况显得手足无措。她轻声细语地安慰那丧夫的妇人："阿姨，你别哭。冷静一下，你这样会吓到其他病人的……"书霖看了看手机，四月二日凌晨三点五十七分。护士拿来一扇绿色的屏风将门口的床位挡住隔开。

一会儿，值班医生也进来简单了解情况，而后交代几句便出去了。妇人还是泣不成声，护士问她儿子他们家乡那边是否有什么特殊的风俗，比如逝者穿什么衣服之类。还没等儿子回答，妇人便哽咽道："七件！要给他穿七件！利利是是。"突如其来的情况，让书霖再也无法安睡。病情说好转就好转，说恶化就恶化。幸运的是，书霖是活着出院的。

良久，病房里安静得一根针掉在地上都能像发生爆炸似的。黑魆魆的一段时间终于熬过去，雾气沉沉的天一点一点地亮了。护工进来打扫卫生，湿漉漉的拖把东一搭西一搭地抹去地板上的污迹。浓烈的消毒水味从地面升上来，散布在病房里的每个角落。外面又下起雨来，莲撑着伞去帮书霖办理出院手续。一切已经收拾妥当，整装待发。但书霖还要打点滴，直到快正午了，药水才输完。

出了医院，街上暴雨如注，来来往往的车辆在雨中小心翼翼地行驶。地面水汪汪的，撑着伞的行人急急地走着，也不怕滑倒。刚刚到家，电视新闻正在播放着白云机场因为暴雨而发布年内第三次航班延误的通知，阴雨天气又一发不可收拾地拉开了帷幕。仿佛住院期间难得有过的几天晴好日子不曾出现过——出现了对他而言也等于无，徒增感伤，还不如从来没有。

　　清明过后，白昼会越来越长，天气会一天天地晴朗起来。又到了万物生长的旺季，可惜书霖像是一株长在深谷中的百合，独自开了很多年，纵有鬼才仍然寂寂无闻。

　　他想，等病好了之后，又得准备下一场画展的事情了。

局外人

一

雨没有一点要减弱的意思，对街一条"重拳出击　扫黑除恶"的大红横幅，在风雨的摧残下奄奄一息，耷拉了一半。年后，这类标语在大街小巷随处可见，沿街的围栏、墙壁、天桥、商场、牌坊，甚至很多名胜古迹也不能幸免。城中村不少宗族祠堂，横幅正好把门口牌匾上的"某氏宗祠"挡住，唯恐进出的居民看不见。只是最近历经风吹雨打，悬挂了数月的横幅终于摇摇欲坠，露出"宗祠"二字。姑且不论这与古色古香的祠堂是否搭调，但宣传效果显然是显著的。慕名前来参观的外国游客也用半生不熟的普通话，指着问人是什么意思。

那天是六月八日，高考的第二天，台风"艾云尼"携雨横扫而来。风一阵紧似一阵，急促地呜呜掠过。雨哗啦啦地下了一个上午又一个下午。朋友圈迅速被这场暴雨刷屏，微信群充斥着"水浸街"的小视频，哀号一片。全市多地出现积水、内涝、车辆抛锚的现象，行人蹚水过街。气象台不再是喊着"狼来了"的小孩，各区齐刷刷地挂起了台风和暴雨预警信号，狼狈不堪。各路消息都在议论哪处积水有多深，哪些路段有多塞车。

天还没黑，风雨中的天色昏昏沉沉的，像世界末日、怪兽来袭。学校提前放学，校道上绽开的一朵朵五颜六色的伞，直面狂风骤雨的狂轰滥炸。整个路面积水横流，两旁的树枝左摇右摆。七零八落的树叶散了一地，随着水缓缓流动。阿媚站在教学楼门口，迟疑地望着这倾盆大雨，痛惜着自己的新鞋。旁边还有几个像她一样裹足不前的同事，盼望雨势变小。

听说校门口新开的那家潮汕餐馆的紫砂锅腊味煲仔饭很不错，阿媚一直想去尝尝。看这漫天瓢泼的雨势，怕是没那么快能回家，她便走进了餐馆。许是下雨的缘故，餐馆里空荡荡的没什么人气。白花花的灯光，洁净的餐桌，整齐的椅子，干净得格外冷清，连一只苍蝇也没有。柜台的服务员百无聊赖地在玩手机。位于角落的那桌坐着一对学生模样的男女，一个面朝里，一个面朝外，安享这被雨声包围的二人世界。

长柄雨伞被收拢了起来，雨水顺着伞尖滴溜溜地往下流。一长串的水珠滴在地上，串成一条长长的水痕，像一条扭曲的绳子。地板被这个不速之客弄得湿漉漉的，放伞处一摊水，服务员赶紧拿了

十恋

一只塑料袋过来。在绿茶的氤氲香气中，那对情侣的嘴唇在一张一翕地说着什么。因风雨声太大，像隔着几千里地似的，阿媚听不清楚他们说什么，大概是些甜蜜的情话吧。

此情此景似曾相识，让阿媚想起自己的初恋。明明他们曾经也是如此恩爱甜蜜的啊！怎么现在就恍如隔世了？小情侣之间吵吵闹闹，分开了又复合，复合了又分开，分分合合，最终分开了不再复合。世上很多恋人，走过了艰辛与泥泞，最终还是分道扬镳，后会无期。阿媚后来嫁给了现在的丈夫——一个英姿飒爽的军人。

二

相亲那会儿，丈夫还是部队里开坦克的特种兵，国字脸、短寸头、黑皮肤，高大威猛、阳刚帅气。牵线搭桥的长辈把他夸得天上有地下无。而她刚刚大学毕业，家世清白，贤良淑德，有一份稳当的教师工作，是"娶妻求贤"中的淑女。然后，真正相处的时间不足三个月，两人便鸡飞狗跳地忙完了婚礼。一切兵荒马乱都恢复正常，丈夫回到部队继续服兵役。日子像礼炮燃放后散落在地上的纸屑，交由她一片一片地清理。

因为是独生女，娘家离单位又近，阿媚像出嫁前一样，婚后继续跟着父母一起生活，好像结不结婚，对她没什么影响。明显的不同是，户口簿婚姻状态栏内写的是已婚。在别人说"我老公……"的时候，她也能插上嘴说几句。后来怀孕了，别人都有丈夫陪着，她却整天挺着个大肚子忙进忙出。一个人坐公交车，一个人去上班，一个人做产检，做一个合格的军嫂。其间，她还谋划着考哪所竞争对手较少的名牌大学的冷门专业，孜孜不倦地为考研做准备。安胎、工作、复习，哪一样都没有落下。因为早产，临盆的那天晚上，丈夫还在高铁上。

儿子刚刚戒奶，正是最黏人的时候，她的研究生录取通知书比预想的提前而至。临别之际，儿子哭得很凄厉，她狠起心来头也不回，只身前往北京。幸好小孩子是健忘的，哭过就忘了，不会伤心太久。寒暑假回来，儿子怯怯地不肯让她抱，不愿跟她睡。母子俩好不容易混熟，假期结束了，又是哇哇大哭地分别。她对儿子是歉疚的，在他最需要母爱的时候离他而去。所以，国家开放二胎政策之后，她一直说一定要再生一个，好好体验做母亲的感觉。

读研的时候，阿媚去做了面部激光整容手术。术后恢复很慢，即使春天的日影很模糊，她也得撑着伞走在树荫下。但她是喜悦的，眼睛发着亮、闪着光，充满期待和憧憬。终于毕了业，丈夫也快要转业归来了。

新家在装修中，工人正锤锤打打地忙着。雪白的墙壁，新鲜的油漆，家里的每一块瓷砖、每一件摆设，全是她自己精心挑选的。

十态

不远处是公园，在阳台上能看到大妈们在扭动着身体，热火朝天地跳舞。因为美好的期待和愉悦的心情，连震天动地的音乐听起来也不觉得嘈杂扰民。

每天娘家、新家、学校三点一线地跑，阿媚忙得一塌糊涂。而她又是细致而挑剔的，有时中午下班不吃饭不休息，也手忙脚乱地去监工。常因一些小问题跟装修师傅吵起来，没有一件事省心。有一晚，父母去亲戚家喝喜酒，由她给儿子洗澡。中途出客厅接了个电话，一聊半小时，全然忘记儿子尚在浴室。等她回到浴室时，洗澡盆里的水早凉了，儿子光着身子正在玩水，还朝她嘻嘻地笑。她当时没在意，心急火燎地把儿子用浴巾裹着抱出来。没想到第二天中午，老师就风急火急地打电话把她请了去——儿子高烧都快四十度了。她晕头转向地奔向幼儿园，懊恼得直想扇自己两个耳光。

乱七八糟的事情台风雨一样扑过来，阿媚忙得像脱了一层皮。新家总算装修好了：如水晶葡萄般晶莹剔透的吊灯，梦幻的光像金黄色的细沙般温柔地倾泻下来，给人一种缥缥缈缈的暖意。婚纱照移了过来，像刚结婚时一般喜庆地挂着。不同的姿势，甜蜜的表情，谁看了都觉得这对夫妻是多么真心相爱。阿媚的坚毅与隐忍，配得上家庭幸福、夫妻和美的福气。只是镜子里的人，因为整容，已跟之前不大一样。

三

　　日子如深山的溪涧似的不急不缓，一切仿佛在朝着预期发展。阿媚的丈夫转业归来，在一家事业单位上班，尘埃落定。新家弥漫着新的气息，新的床单、新的被褥、新的枕头、新的梳妆台，还有新的绿萝在盛满清水的玻璃瓶里安然地养着。这一晚，她一个人在床上翻来覆去睡不着，夜静得能听见自己的呼吸声。她不明白，那天晚上自己怎么就鬼使神差地答应了，一点反抗挣扎的表示也没有。窗外的月亮隐藏了半张脸在影影绰绰的乌云里，像西方恐怖片中的面具，狰狞地、阴森森地笑着……

　　那也是个有月亮的夜晚，又白又大的月亮。月光溶溶，洗米水似的淹没了人间。白天人潮汹涌的城市，在月色中显得十分空旷寂寥，连过往的车声也变得凄清落寞，像走了一天远路的疲乏的行人。月光透过没有合上的窗帘的缝隙漏进来，白得刺眼，亮得反常。三个人睡在同一张床上，阿媚一动不动地躺着，担心自己任何一个轻微的动作会发出巨大的响声。丈夫睡中间，侧身向着婆婆那一边。他呼吸均匀，像个熟睡的婴孩，沉浸在甜蜜安全的梦乡。

　　天底下一排排熄了灯的房屋，静静地睡着了。月光照不到的地方，黑魆魆的阴影重重叠叠，藏着唧唧的不眠的虫，轻一声、重一声，长一声、短一声地叫着。月影跟着晃动的窗帘而晃动，整个窗

十态

户像一张巨大的诡异的脸，静静地看着房间里睡觉的三个人。

下半夜了，阿媚还清醒着。她想了许多许多，想到电视上那些奇奇怪怪的人，有妖艳妩媚的男人，有阳刚酷帅的女人，也有雄雌莫辨的男男女女。在这个鱼龙混杂、不按常理出牌的年代，什么样的人都不算稀奇，她可以做到冷眼旁观。因为，他们离她远着呢，跟她八竿子打不着。但身边这个堂堂七尺男儿是她的丈夫，她无法做到视若无睹。她满脑子是《金锁记》里的芝寿："这是个疯狂的世界。丈夫不像丈夫，婆婆不像婆婆。不是他们疯了，就是她疯了。"她一直以为那是电视剧和小说里才有的事。

清澈的蓝天上，一团乌云正鬼魅般飘过来，一步，一步，悄悄地靠近。月亮移到哪儿，乌云就跟到哪儿，像一袭薄薄的黑色的轻纱，缥缥缈缈，如影随形。一黑一白，一个在前面仓皇遁逃，一个在后面穷追不舍。周围的星星睁着惊慌的眼睛，爱莫能助地看着月亮被乌云一点点地吞噬。忧郁、癫狂、惊恐，月亮在云影的笼罩里艰难移动，试图冲出乌云的团团围困。阿媚整宿未眠，心惊胆战地蜷缩在一边，战战兢兢地过了一夜。

"你知不知道这样很不正常？"第二天，想起昨夜三个人同床而眠，阿媚难以平复内心的不适，羞愧难当。"有什么不正常的？她是我妈！我自小就跟她一起睡，她也要拉着我的手才能睡得踏实！"丈夫不以为然地说。"你一个大男人，不再需要母亲保护，你有自己的孩子，你要保护自己的孩子！"

四

自那以后，阿媚和丈夫争吵过多次，但丈夫根本不为所动。她曾鼓起勇气跟婆婆说出自己的感受，但婆婆的回答令她更加心灰意冷："他是我儿子，永远是我儿子！我们母子俩相依为命的时候，你还不知道在哪儿呢！我巴不得他每天都做我的乖儿子！"一下子，阿媚觉得面前站着的不再是从前那个慈眉善目的婆婆，不由得毛骨悚然。何止眼前这个人，她仿佛连自己也不认识了。新家骤然变得像古墓一样死气沉沉，没有半点生气。这样羞于启齿的事，她不想告诉父母，只好去寺庙里对菩萨神灵倾诉。

佛堂里灯火通明，香烛在燃烧。这里终日香客不断，每一缕檀香中收纳了多少虔诚的心愿。三尊高大的泥金菩萨端坐正中，面前摆放着长明灯和鲜花水果。淡淡的百合花清香、幽微的檀香，红尘俗世似已远离。十八罗汉神态各异，菩萨则神情淡然地坐着，默然不语。雕梁画栋，大殿显得辽远而空灵，叫人明心见性。信徒们在诵经，阿媚也双手合十，虔诚地跪在蒲团上。灯影幢幢，映红了她的脸，她在心里默默祈求和倾诉。每天像她这样的善男信女来了又走，菩萨始终端坐着，一脸无动于衷。

十念

　　寺庙墙角的青苔已枯萎,一株几百年树龄的菩提树静静地肃穆地站着,稀稀疏疏的枝叶在微风中轻轻颤动,恍惚中像是一串串细碎的音符。靠墙处有一株鸡蛋花树,叶子掉得精光,赤裸裸的枝丫光秃秃地指向天空。放生池正中趴着一只大石龟,在水汽缭绕中岿然不动。上面零零散散地铺了一层香客抛来的硬币,一角、五角、一元,大小不一,币值不等。一阵风吹过,雾气散开,看得见自石缝罅隙里冒出的流水。潺潺的水声在静寂的寺庙里显得异常清晰,水中的云影和天上的白云互相映照。

　　从寺庙归来,已经日影西斜。儿子去对面楼参加幼儿园同学的生日会,尚未回来。阳台上晾着参差不齐的衫裤,在夕阳的映衬下随着微风轻轻晃动,影沉沉的。原本绿得发黑的一盆绿萝因为连日来没有浇水,耷头耷脑的,无精打采。一丛叶子中有几片已经泛黄,尽显憔悴。红红的阳光穿透阳台的玻璃门,斜斜地照进来。"我受够了,你需要的是你妈,而不是我。"阿媚低着头说,平静得像彻悟的信徒。两年来,气也生过,架也吵过,泪也流过,她觉得自己一如从前,是个格格不入的局外人。丈夫没有答话,半明半晦的客厅里只剩下令人窒息的沉默。

　　……

五

风小了一点，雨仍在哗哗地下着。角落那对情侣已不再窃窃私语，各自一边默然地拿着手机看，一边吃饭。旁边是整片的透明的落地玻璃窗，能清清楚楚地看到雨水大滴大滴地砸在街上越积越深的积水中，像一粒粒黄豆，砸出一个个转瞬即逝的涟漪。一圈一圈又一圈，未完全散开便消失了。门外面响起"咦呜咦呜"的救护车的声音，疑似有人触碰到路边的电路设施。积水水位比较高，一名中年男子浸泡在水中一动不动。街灯还没亮，过往的行人远远地站在附近商铺和民居的檐下，交头接耳，议论纷纷。白色的救护车闪着灯，身穿白大褂的医护人员忙成一团。交警在现场进行围蔽警戒，疏散围观群众。网上早已炸开了锅，积水导致电路设施漏电，一天之内便发生几起行人触电身亡的事故，遇难者包括一名十七岁的高中生。

腊味饭是挺香的，然而阿媚还没有吃完，就有点凉了。她有点恍惚地站起来。雨再大，也得回家。街上积水很深，天桥下的水位警戒线被水淹没。部分地下隧道被灌满，混浊的水快要溢出来了。隧道口被黄色的铁栅栏围起来，挂着一张警示牌，禁止行人通过。持续暴雨外加天文大潮影响，河涌去水不及，只能靠泵站强排。公安、交警、消防、城管等驻守各处水浸点排涝抢险，消防车停在绿化带边上，抽

十态

水机轰隆隆地作业。沿途可见工作人员在清理倒伏的树木，不少倒塌的围墙及山体滑坡已做围蔽警戒。白云山西麓，地上的残枝败叶和倾泻下来的黄泥，乱糟糟的一片，车道被淹埋了一大半。

此番暴雨来势汹汹，摧枯拉朽，台风来者不善，一骑绝尘。它们鬼哭狼嚎地席卷而来，哂笑世间万物皆躲闪不及，也无处可躲。公共汽车开得极慢，平日半小时不到的路程，一个多钟头还没走完。很多乘客下车徒步回去，经过积水深处，把鞋子脱掉，狼狈不堪地挽起裤腿蹚水而过。历尽艰辛回到家，新闻正在报道一所小学被积水所困，晚上十一点多学生才陆续解困。主持人说受台风影响，各区的台风和暴雨预警信号生效中，预计降水仍将持续。

电视画面中，一个七八岁的小男生，紧紧地牵着母亲的手。他们一起走出了被积水围困的学校，在大雨滂沱的街上慢慢地走着。母子情深，多么温馨感人的画面，用来作为宣扬母爱的公益广告再合适不过。在阿媚看来，这场雨根本算不了什么。她心里下着的雨更大，积水更深。但她知道，台风过境这场雨就会停，心里的雨也终究会停。毕竟，雨过天晴、阳光灿烂，才是这个世界的常态。而作为一名专业的心理辅导老师，她也很清楚该如何正确教育自己的儿子。

末日前的归宿

一

都十月了，还这么热，这鬼天气！夕阳斜斜地照在街上，一排排的高楼，红灯绿灯轮番闪着。车水马龙，繁华的、热闹的深圳。暑气未消，火辣辣的，到处还是穿着短衫短裤的人。

恰逢下班时段，又是星期五，地铁里的人特别多。工作人员手里拿着喇叭大声地维持秩序。黄玲珊一手拉着一只黑色的大大的行李箱，一手提着两只满满的购物袋。她心里在生烦，抱怨从广州到深圳晚点的汽车，抱怨从关外到关内该死的堵车，抱怨恰是在这个下班时段到达罗湖……抱怨一路上的耽搁，一切的延误，一切的不顺心。

真不容易，换乘了三次，总算到了。出了车门，她费力地拖着这几个赘物，慢慢地移步到电梯。临上电梯时，偏偏祸不单行，她的购物袋的带子因为不堪重负，突然断了。袋里的美白霜、唇膏、睫毛膏、修眉刀……杂七杂八地散了一地。她心里一阵咒骂，天杀

129

十态

的怎么这么倒霉！

因为处于客流高峰时段，地铁里弯弯曲曲地围起了可移动的铁栏杆，每一条狭窄的通道只能容纳两个人同时通过。玲珊后面的人排起了长龙，等着上电梯。因为她这样的事故，大家被延误了，有人开始发出不满的声音。玲珊赶快往旁边移开一点，好让人家过去，然后心急火燎地蹲下去收拾残局。下班高峰人多，乘客鱼贯从她身旁走过，还要小心别踏着地上贵重的、易碎的化妆品，包括名贵的香奈儿香水。

玲珊一边胡乱地把散乱的物件往袋子里塞，一边在心里懊悔着听了闺密的话。要不是她说现在堵车搭地铁会更快，她也不会省那几十块的打车钱，更不会出这样的洋相——狼狈，碍着"地球"转。

在她手忙脚乱地快收拾完的时候，身后有一个男人问："小姐，这是你的吧？"带有浓重的粤语口音的普通话，一听就知道是广东人。玲珊顾不得抬头，侧一侧身一眼便认出是自己新买的唇膏，被一只停在半空的男人的手拿着。迟疑了那么几秒时间，她一手接过来说："是的，谢谢！"尴尬得恨不得地上有条缝可以立马钻进去。

那人见她手忙脚乱的，不知道是发了善心要帮一帮这个落魄的女子，还是因为后面的人在无形中形成了一种催迫的压力，他说："我帮你拿吧！"不容分说，他提起两只购物袋就走，玲珊连谢绝的机会也没有。在一片混乱的状态中，唯有连声抱歉地说："麻烦你了，麻烦了！谢谢，谢谢……"两个人一起上了电梯。

玲珊打量着这个施以援手的男人，四十岁左右，戴着一副斯文的黑框眼镜。笔挺的西装一丝不苟，诠释着主人是个很干净很体面的人。玲珊喜欢干净的男人，对他的好感油然而生。

男子问："这么大包小包的，为什么不打车呢？"

玲珊刚刚还在懊悔，此刻真是无语了。她说："嗯，失算了。我住在D出口对面的小区，没几步路。"

到了顶层，走出闸门，男子一直帮她拿到D出口，说："喏，就在对面了。"玲珊连忙表示感激，又一连说了好几声谢谢。男子说："别客气，我在A出口那边，我走了。"

玲珊望着他说："谢谢，再见！"男子转身往地铁通道走去。望着他的背影随着电梯下沉消失，玲珊才往对面走去。这样的男人满大街都是，可是偏偏没有一个是属于玲珊的。有时候她不禁会想：我的运气就这么差吗？不过是想找个平凡的男人而已！

二

天色渐暗，余晖已气若游丝，没了白天的霸气。小区里的花草

十忿

很美，一些健身设备掩映在暮色中的树荫下，空落落的。喷水池绕着黑黝黝的假山，旁边的凉亭内有三五成群的老人围在一起下棋、打牌。快晚饭时间了，有家长接小朋友放学归来。高年级的学生自个儿走着，百无聊赖的表情，好像书包里装着很多未完成的作业。三四岁的小孩，背着个卡通书包，被父母或爷爷奶奶牵着手扯着走。姿势看起来实在是不情愿，好像在幼儿园还没有玩够似的。他们在楼下和住在对面楼的同一家幼儿园的小朋友分别，互道再见，依依不舍地跟着各自的家长走入了电梯。

连拉带扯的，玲珊终于把行李拽到了她住的楼下。她住在十三楼，总算把东西给弄了上来，累得她立刻扑倒在沙发上，竟很快就睡着了。

迷迷糊糊中，玲珊被一阵雨声吵醒。原来这迟来的秋雨忽然淅淅沥沥地下了起来，敲打在窗台的雨篷上，滴滴答答，紧一阵慢一阵，世界在雨声中一下子沉静下来。

本来累了一天，玲珊已是极度疲乏。睡得这样沉被吵醒，原是十分恼人的事。听着这雨声，她内心却涌起一股雀跃的欣喜。多久没下雨了？这发了昏的天！国庆节都过去这么久了，秋却迟迟没来，一直热，一直热——今年的夏天简直长得离谱！

玲珊顺手拧亮台灯，拉开半边窗。外面雨骤风狂的，夹杂着水珠的狂风立刻把窗帘高高地掀起。晶亮的雨滴落在黑沉沉的夜里，湿润的气息从窗外吹进来，扑在玲珊的脸和蓬乱的头发上。

雨哗哗的，越下越大，风声雨声潮水似的淹没了这个黑暗的世界。玲珊起身泡了一碗方便面吃，然后洗了个热水澡，倒在床上继续睡。长长的夏天以来，第一次不用开空调了。

第二天，大风大雨已停。天气骤凉，淡蓝色的天高而远。小区里阴翠的大树、修剪得整整齐齐的矮灌木，湿漉漉的一动不动。疏疏落落的花坛也寂静无声，偶尔有一两只麻雀飞快地掠过。草坪上有散落的黄叶，空气明净清新，夏天仿佛已是隔年的事。

玲珊到街口的潮汕小食店吃了一碟干炒牛河，心里盘算着要买的东西，准备把新家好好布置一番。她是电影《狗镇》中的妮可·基德曼，即使在流落异乡的苦境下仍设法将自己的世界保存完整。

植物是玲珊的最爱，她首先到花店捧了一些花草回来。绿萝、滴水观音、白掌、吊兰……分配摆放位置，调整，搬上搬下的，把她累得气喘吁吁的。望着自己亲手打扮好的新家，玲珊心里感觉非常满足。

床头边的梳妆台上，两株暗绿色的万年青，绿得要滴出水来。雪白的须根，挨挨挤挤地蜷在透明的玻璃瓶里，在逼仄的石缝罅隙里延伸着，像一根根手指互相缠绕。玲珊细细地看了很久，想起仓央嘉措的诗句：默然相爱，寂静欢喜。这两株安静的植物，便是这副神态。

十恋

翠生生的一盆绿萝被分成几盆来栽，花盆不够用，她把刚刚扔进垃圾篓的透明的酸奶瓶拾起来，撕掉贴在瓶身上的商标纸，洗干净，做成一个顶适合养室内植物的花瓶。她挑出长得最别致的几株，拧开水龙头，把根须轻轻地冲洗干净，再小心翼翼地插在瓶子里。一瓶摆放在书架的第二层，和她的书籍相映成趣。另外一瓶，她打算随后带去办公室。

阳台上的吊兰、浴室门口的滴水观音也各归其位，井然有序。岁月静好，现世安稳。下午，玲珊还到宜家家居买了一套桌椅，足足又忙了一天，房间的窗帘也换了，换成了新的淡蓝色的。她从细处着眼，贯彻自己一直以来的生活方针，布置一个由她主宰的世界，在里面当家做主。从爱情战场上死里逃生的女人，假如没有死，往往会变得硬朗而倔强。

三

玲珊在一家传媒公司工作。她在感情路上一直磕磕绊绊，非常不顺。初恋情人是大学同学，毕业后振翅各自飞。第二个男友是个报社记者，本已到了谈婚论嫁阶段，却发现男方劈腿。其后也谈过好几个男友，皆因各种因素未能走进婚姻的殿堂，眨眼她便成了大家眼中的"剩女"。

　　她上一任男友个子不高、其貌不扬，家境一般，在广州天河一家软件公司工作。按照牵线的那位亲戚说，尽管可能在街上随便找个男人，论身材论样貌论家财都要比他强，但他胜在踏实靠谱，是个潜力股。据说他的脸以前是尖尖的，因为瘦，两边腮瘪瘪的。现在呢，脸像气球似的鼓了起来，肚子也像气球似的鼓了起来，整个人都像是一只气球。因为对着电脑时间长，因为经常思考，因为工作压力大，才三十出头，头发已经零零星星地开始白，很有谢顶的趋势。

　　三个月前，玲珊工作转正的那晚，去广州预备给他一个惊喜。然而当她轻手轻脚地推开房门的时候，明晃晃的灯光下的那一幕带给她的却是只有惊没有喜。两个赤身裸体的男女惊恐地看着她，她也目瞪口呆地望着他们，时间仿佛静止了两秒，她恍惚地转过身。

　　玲珊也记不清楚当时自己是什么反应，反正梦游一般，仿佛大热天突然失足跌进一个冰窖里。她头脑一片空白，只是麻木地往客厅走，一步一步，每一步都有千斤重。脚板像黏了胶水，地心引力瞬间变大，磁石似的吸着。

　　房间里面的人匆匆忙忙地穿衣服，发出窸窸窣窣的声音，她也听不见。她没有哭，没有叫，双腿无力地软了下来，缓缓地扑倒在地，半跪着身躯。按理，她应该大喊大叫，上前撕扯那对狗男女，一边用世界上最恶毒的言辞咒骂，一边扇他们的耳光，撕扯他们的头发。但是她没有这么做，甚至连房间的女人开门逃走也未察觉。

仿佛已经过了很久，她才抬起头，定定地望着走到她面前的男友。他想用手碰一下她，她像触电似的拨开他的手。大家都沉默着。半晌，他打破沉默，怯怯懦懦道："她……她是一个网友来的……我们只是第一次见面……"玲珊抬眼默然望着他，那眼神冷得如同冰一样，然而冰里却燃着火。如果那火可以喷薄而出，她一定会把眼前的这个男人烧死。

就这样，她以为的"最后的男人"又死掉了。从此，像具有里程碑意义地把玲珊带入相亲的征程。

四

深夜里的房间放着王菲的《红豆》："有时候，有时候，我会相信一切有尽头，相聚离开都有时候，没有什么会永垂不朽……"失去爱情的人，所有伤感的情歌都像是专门为她而唱。奔三的玲珊的婚事一直是父母心头的大石，她老妈总是挂在嘴边的一句话是"看不到你嫁掉我就死不瞑目"。

每年回家过年，就算玲珊不去走亲戚，亲戚也会到她家来。除了对她做思想工作之外，一些以关心后辈的终身大事为名的三姑六婆还会积极联合她的家人为其张罗相亲大事。所物色合适的对象，各种条件各种类型者不一而足。用她妈的话来说，即使暂时派不上用场，拿来做替补也行——真是可怜天下父母心！

邻家一位大姐更是应玲珊妈的要求，以过来人的身份来给她做思想工作。这位差不多四十岁才将自己嫁出去的大姐，长得跟某著名网络红人有一拼。她以自己作为活生生的反面教材，苦口婆心地对玲珊说："女人到了你这个年纪，不应该再这样心高气傲，别等到将择偶条件降至'男的、活的'的地步。"

意思说白了，就是哪怕碰到个稍微有点顺眼的，都应该赶紧下手。不管白马王子黑马王子，肯娶她的就是好王子。邻家大姐的一席话有板有眼有理有据，又是现身说法，直把玲珊说得羞愧难当无地自容。

相亲次数多了，玲珊也喜欢看电视上的一些相亲节目——学一下经验也不错。虽然自身也基本算得上"资深相亲专业户"。她看那些像皇帝选妃似的站在台上的女生对前来"求亲"的男嘉宾评头论足，什么尖酸刻薄的话都说得出来，毫不客气，更不会脸红。她想，现在的女孩啊，也真够直接的！

这节目是真是假并不重要，台上的热闹是人家的，她只在台下笑而已。她没有勇气去参加那样的节目，也没有勇气说出那样大胆泼辣的话。所以她只是看着，笑着，跟着热闹。

有一次，她听见一个女孩断然拒绝一个"没有宝马车，只有自行车"的男嘉宾，直言"宁愿坐在宝马车里哭，也不愿坐在自行车上笑"。瞬间一片哗然，引起轰动的舆论，该女孩一夜成名，被当作拜金女的典型。

玲珊想，也许她不过是带着开玩笑口吻说的一句玩笑话而已，或者是电视台方面在幕后操控着女嘉宾们的发言。无论怎样，话是从她口中说出来了，说出了很多人一直想说而未敢说的话，捅破了一层一直未有人捅破的纸。各大媒体抓住这一突破口，大肆渲染，人们很热闹地讨论着。

五

临近农历新年，街上一片喜庆气氛。东门的商铺早已打出各种优惠活动的横幅，音箱大声地播放年歌。这样的歌曲一年才有机会播放一次，显得特别响亮。从街头到街尾，不停地，震天动地咚咚锵锵个没完没了。穿着红色喜庆衣服的店员，站在商铺门前派发优惠活动的宣传单，新年的对联已经迫不及待地贴了上去。

这一年，是传说中的2012年，是玛雅人预言的世界末日要降临的一年。到处摆满了盆景，那天途经迎春花市，玲珊看见整片整片的花卉植物，有玫瑰、百合、富贵竹、兰花、水仙，还有年橘……如同等待检阅的士兵，集结占据了整整一条街。人潮汹涌，热闹非凡，各种真花、假花争奇斗艳，好一片繁花似锦，好一场花的嘉年华。当然，其中最旺的还得数红彤彤的桃花，粉红的、深红的、红白相间的，团团簇簇，似粉如霞——谁不想来点桃花运？

春运已经开始，火车站黑压压的一片都是涌动的人头。广东是出名的外来务工人员大省，深圳更是著名的移民城市。每逢春节，浩浩荡荡的外来工像北飞的候鸟，归心似箭，彻夜排队购票。

人人都在忙碌，办年货，加班加点，期望早点完成工作，回家团聚过大年。还有三天才放假，大家像在等着某一个历史性的时刻——一声令下，正式放假。玲珊在公司自然也忙得昏天黑地，只不过她对于过年并没有什么期待。

作为别人眼中的"必剩客"，她是一个地地道道的"恐归族"，最怕逢年过节家里的亲戚朋友追问她的婚事。为躲避春节期间各路亲戚有关终身大事的盘问和看见人家琴瑟和鸣儿孙满堂的感伤，她打定主意今年不回家过年。

除夕那天，整座深圳城像被掏空了似的。天色也并不好，昏昏沉沉像要下雨。往日人潮汹涌的街头瞬时变得冷冷清清。年总还是要过的，在这样清冷的氛围里，玲珊像一只猫一样潜伏在自己租住的单身公寓里。

十态

孤单，是一个人的狂欢；狂欢，是一群人的孤单。玲珊买了很多年货，足够她吃一个星期的食物，塞满了冰箱。不管白天晚上，她都把电视机开得很大声，让一个人的新年也过得像模像样。窝在沙发里，一边跟电话那头的母亲聊天，一边嗑着瓜子看春晚。她还买了一株桃花，插在电视机旁的花瓶里，粉红色的花骨朵含苞待放。换了以前，她对桃花能带来桃花运这些所谓的说法是嗤之以鼻的。现在她忽然觉得有这么一个寄望也未尝不好，中国几千年的习俗，必然有其存在的理由。

六

其实玲珊不差，论身材样貌，怎么也算中上，只是高不成低不就。她不想为了个帅哥或有钱人而去搞什么整容之类的花样，更不会傍个大款做个小三。

她有个很要好的高中女同学，自小相貌平平，为了给自己增加点资本，跑去做了割双眼皮、隆鼻等多项面部整形手术，终于成功俘获一个帅哥的心。谁知道生出来的孩子被丈夫发现实在太丑，长得既不像他，也不像她，大吵着要去医院做亲子鉴定。无奈之下，该名女同学不得不道出隐瞒多年的秘密，坦诚自己是个人造美女。丈夫接受不了这样的事实要离婚，女同学一哭二闹三上吊，闹得鸡犬不宁。

爱一个人的时候，眼里只看得到那一个人，歇斯底里地想扑过去，得到、拥有，欲恒久地霸占。一份靠外表欺骗来的婚姻终究如一部庸俗的电视剧，洒了一地的狗血。

还有一个大学同班的女同学，玲珊跟她不太熟，听说毕业后去了省电视台做主持人，平时出入豪车接送，飞扬跋扈的，可阔气了——怎么阔得这么快？后来一著名贪官落马，媒体曝光了那女同学是该贪官的情妇，其名下房子车子全被查封。在电视上接受采访时，女同学口口声声说自己和贪官真心相爱，一切无怨无悔——即便那贪官的年龄做她老爸也绰绰有余！

对于爱情，玲珊越来越心灰意冷了。

然而，该来的终究还是要来的。过完年不久，有一个新的男人慢慢地走进了玲珊的生活。这个男人叫张立明，是公司运营部的总监。跟玲珊差不多的年纪，听说老婆孩子都还在外省的老家里。

因为工作的关系，玲珊和他接触颇多，原本熟稔起来偶尔一起吃个饭也没什么，很不幸的是，玲珊慢慢地发现自己对这个男人的感情居然发生了变化，并且也察觉到他对她亦是如此。更不幸的是，他们在萨利亚被同事撞见了几次，逐渐引起一些风言风语。毕竟张立明是有妇之夫，玲珊不想这样暧昧下去，便刻意与他保持距离。不承想，那张立明居然向她表白了！

十态

在大梅沙的海边，两人在黑暗之中面对面地站着，张立明说愿意为她离婚。夜晚的海风呼呼地吹过来，夹杂着海水的咸腥味。才农历初四，还不见月光，只有疏疏落落的星星一闪一闪地挂在幽蓝的苍穹。白天能看见的礁石全被夜色所吞没，远处墨黑的海潮不停地起伏着，一阵阵地冲击着沙滩，冲过来又退回去。

玲珊深知自己伤不起，万一陷了进去极有可能无法自拔、万劫不复。她已经过了最冲动的年纪，岁月消磨了她那种不顾一切的勇气。她想到自己之前的恋爱经历，一幕幕。恋爱的两个人像玩跷跷板，不对等的时候，重的那一头会下沉，爱得越多，沉得越快、越低。

当然，也有以强人自居的女人跳出来说"没个男人又不会死"之类的话，不能说这是站着说话不腰疼或吃不到葡萄说葡萄酸的言论。但一个女子三十多岁仍"剩"在娘家的压力可想而知。

七

因日本擅自登上我国钓鱼岛，八月，全国多座城市爆发了激烈的爱国活动。办公室的同事每天的话题都离不开"钓鱼岛"三个字，充满了爱国主义氛围。为张立明所困扰的玲珊，注意力突然转移到这样一件国家大事上——即使她在历史上是那么微不足道的一个人。

八月十九日中午，深圳民众自发组织大游行。大家对日本制造钓鱼岛紧张气氛、无理登岛表示强烈的愤慨。玲珊也被同事以爱国之名拉去加入了游行队伍。随着黑压压的人流从地铁口涌出来，她看到大批警察在现场维持秩序。游行队伍在笋岗西路集结，浩浩荡荡向西往市中心走去。一路有特警和保安维持治安，队伍有序前进，不断呼喊口号"小日本滚出去""抗议……""抵制日货"等，还不停地齐声高唱国歌，打着国旗和各种抗议的标语旗帜。不少人还身穿带有"捍卫国土"字样及标明钓鱼岛位置的中国地图T恤，也有人在脸上贴上五星红旗。

队伍头顶不时有特警直升机在盘旋观察游行队伍状态，防备特殊情况发生。队伍行进中不断有人加入游行人群，气氛一度达到高潮。当日，深圳的气温很高，群众的反日热情更高。爱国群众一路顶着烈日，高喊抗议口号。一路上还有人向路边的日系汽车扔水瓶和纸盒，表达对日货的抵制。

时代的车轮在轰隆隆地转，此次游行席卷裹挟着新的人汹涌向前。

在熙熙攘攘的人群中，玲珊忽然觉得自己和张立明的暧昧不清就像一出闹剧。和这种关系到国家民族尊严的大事相比，个人感情的得失往往变得不足挂齿、不足为道。她也跟着大家一起大喊口

十恋

号，在大喊中获得了升华——爱国情感的升华和个人感情的升华。直至游行的人影在淡黄的斜阳里散去，玲珊仍然沉浸于这样一种情绪里。

历史上倾城的故事常有，却不见得都有好的收场。在和平年代，难有倾城的传奇。玲珊没有成为传奇的命，更不像张爱玲小说里的白流苏那样幸运，以一座大城市的颠覆来成就一段爱情。但玲珊仍然是幸运的，她起码还能全身而退，也没有给张立明的家庭制造变故。

在三十七岁这一年，她选择拒绝了一个她想爱又不能爱的男人的爱情，去保全另一个女人的婚姻以及其孩子的前途。她的退出，可以归还一个孩子完整的父爱，可以使另一个女人继续拥有一个完整的婚姻，可以减少一个家庭的破碎。更何况，这又不是第一次失恋，全世界也不是只剩下张立明一个男人。

八

第二日中午，玲珊约了张立明在老地方萨利亚见，自是一番绝情的话。张立明自然不同意。玲珊也不容他多说，说完自个儿就直接一口气跑了出去，仿佛怕再待下去自己又心软了。

大街上，阳光忽明忽暗，天边飘来了几朵乌云。淡墨色的天打了几声闷雷，要下雨了。不一会儿，雨点就噼里啪啦地打下来。起初是一个一个地敲在地上，随后紧锣密鼓似的往下砸。

街上的行人纷纷加快脚步，躲到商铺的檐下。大风大雨的街头，玲珊被淋湿也浑然不觉。及至终于发现旁边的人已走得要飞起来，她快成为落汤鸡，才迟钝地反应过来。她一个人落寞地、歪歪斜斜地走着，神情麻木。她知道她跟张立明是不可能的，他终究还是别人的男人。她想起他对她说过的那些甜言蜜语，苦笑一声。

夏日的暴雨来得快去得也快，天气很快又回归闷热。中午的大太阳又煌煌地照着，赤裸裸的地面升腾起一股股湿漉漉的热气。如此猛烈的太阳，也温暖不了玲珊寒了的心。她要马上打电话给姨妈，答应相亲。

听说那个男人不错，年纪也只比玲珊大四岁。开一家汽车维修与保养店，自己做老板，收入很稳定。她曾经和姨妈到那男人的汽车保养店里洗过车，两人虽然没怎么交流过，但她还记得他那副憨厚的样子，是居家过日子的男子。这样的男人又有什么不好？可能话少点，也不懂什么情趣，但过日子不就是平平淡淡的吗？哪一对恋人不是从风花雪月过渡到柴米油盐的？

之前姨妈已经催过好几次了，说那男子对玲珊有好感。玲珊决定和他正正式式地见一次面。这一次，她认认真真地准备着，踌躇着不知道穿什么衣服好。太花哨不行，太朴素也不行，毕竟自己年

十态

纪已不小，穿得太暗淡显老。

这样试着，憧憬着，玲珊告诉自己一定要以最好的形象示人。她从没有这么认真地为一场相亲做准备，她端详着镜子里的自己说："机不可失，时不再来。黄玲珊啊黄玲珊，你年纪不小了，不可再挑三拣四了，要抓住机会，在世界末日到来之前将自己嫁出去！"

玲珊对着镜子里的自己，笑了笑。在这微微一笑中，她把前尘往事都忘在了风里。

2014年中国小说学会"文华杯"全国短篇小说大赛三等奖获奖作品，原载于2015年12月号第23期《爱人》上半月刊（总第485期）

朱　颜

一

自打有点名气以来，坊间就给她冠以"玫瑰"的称号。但美归美，她并没有美得咄咄逼人。她的名气不仅因为她美，更因为追逐她的那些男人很有名气。她是一枝不带刺的玫瑰，赏心悦目且不会伤人。

她叫朱颜，名字出自南唐后主李煜的词《虞美人》："雕栏玉砌应犹在，只是朱颜改。"其实她的长相有点硬伤，眼白略多，下巴是俗称的"屁股下巴"，捎带着脸型的曲线不太流畅。有一种说法，女人如果长得太完美了，反倒缺少韵味，只剩一个精致，有那么一个半个无伤大雅的小问题反而容易更有风情。

在朱颜正式获得"玫瑰"雅号之前，追溯起来，她跟玫瑰的缘分还要早一些。很小的时候，她家的院子里有很多玫瑰，红玫瑰、白玫瑰、黄玫瑰、粉玫瑰……是她的仙女教母——祖母栽的。她继

十恋

承了祖母的美貌与秉性。

读书时女生宿舍的"卧谈会"，朱颜和室友们讨论起各自属什么花。她喜欢玫瑰，脱口而出："我是玫瑰，而且是不带刺的！"大家咻咻地笑起来，表示其当之无愧。她不仅长得漂亮，人缘也好，标准的人畜无害。但没有刺的玫瑰，的确不会伤人，岂非很容易被人伤？

刺是玫瑰的防护工具，没有刺，分分钟可能被采花贼采了去。她能安然盛放，且花期不短，必定是不一般的。大家大可不必替她担心，她混得风生水起，自然是有资本、有底气的。这些年来，每逢有达官贵人来访，岑少希都叫她出马接待。原因不言自明——当然是因为她的美，她的风情，她的知根知底、轻车熟路。

算起来，她与他认识有十四年了。

那一年，朱颜才十八岁，在一所旅游学校读书。她学的是旅游管理，计划毕业后做一名导游，坐着飞机火车周游列国。那个暑假，老师介绍她到宾馆实习。是金子，在哪里都会发光。花样年华的美女，再呆板的工作制服也掩不住其姿色。她站在大堂门口，笑靥如花、风姿绰约，仿佛夏日清晨初绽的玫瑰，带着露珠，水灵灵、娇滴滴，异常明艳动人。

然而那宾馆可不是一般的宾馆，是政府专门招待贵宾的地方。每天都有重大活动在那里举行，出入其间的人非富即贵。除了高官政要、国际友人之类的大人物，还有媒体记者。置身于这样的焦点场所，接触到的人，都是来自五湖四海的风流人物，机会可谓多不胜数。

看着人来人往，她只负责娇艳欲滴地装点门面。她没有辜负上天赏赐的美貌，迎来送往中总能吸引别人的目光。是她自己说的，那时候好单纯，没有多想什么。然而，"树欲静而风不止"，她还是引起了"伯乐"的注意，像最俗套的电视剧情。

一个烈日当空的下午，省里有个很重要的会议在那里召开。原本负责接待的同事突然有事，她临时顶上，进去给宾客斟茶倒水。这一向不是她分内的事，她又是涉世未深的年轻女子，紧张慌乱不期然地浮上来。

会议厅黑压压地坐满了人，墙上有"禁止吸烟"的指示牌，但大家视若无物，堂而皇之地吸了起来，动作娴熟，神态淡然。一个个吞云吐雾，高敞阔大的空间也云烟缭绕。那提示不过是一句空话，他们习惯成自然。在那样低气压的小世界里，烟味刺鼻。朱颜手忙脚乱之下把茶水溅到了一个男人身上。

那个男人就是岑少希。这是他们第一次见面。然而岑少希给她的第一印象实在不怎么样，简直可以说坏得很。看到岑少希的头，她脑海中立刻浮现出中午那装鸡汤的海南椰子壳。他四十多岁，五短身材，眼神里透着精明和算计。

十态

朱颜做梦也没想到自己后面的人生会跟这个男人挂钩。这个世界就是这么不公平，上帝是如此偏心。有的人美得像一则童话，有的人丑得像一桩冤案，更不公平的是让童话与冤案并列，美女与野兽结合。

二

朱颜从实习生转为正式工是两年后的事。跟其他同事一样，朱颜也不喜欢她的领导。那个到更年期了还没成功嫁出去的老女人，长得尖酸刻薄，脸上写满了欲望和心机，对待上司，总是拉拉扯扯地撒娇，表现得很热络的样子。对待下属，她休息日仍不停地电话、短信狂轰滥炸，不知道是什么心理。朱颜怀疑她能在折磨别人的过程中获得一种报仇的快感，所以才这样乐此不疲。

上班的地方富丽堂皇，可朱颜住的地方却有点荒凉，是和同学合租的，房子靠近一个在建的楼盘，繁华的文明曙光还没普照到。工人们夜以继日地赶工程，晚上仍然会有机器的轰鸣。与市中心的灯红酒绿相比，唯一沾点热闹气息的是近处一间歌舞厅，夜夜笙歌。鬼哭狼嚎的歌声，搅得人像发怒的猛兽。

朱颜经常要值夜班，下班时外面已是天青色。洒水车经过，整个城市慢慢苏醒。坐上早上的第一趟公交车，再换乘一次才能回到住处。因为时间尚早，出门上班的人不多，车厢空落落的，她住的地方又偏僻，一路上都有空位没人坐。她脸上的倦容和残妆无法遮掩，不过没关系，非在岗时间她不用顾及形象。

坐公交车、搭地铁，她宁愿站着也不跟老年人坐一排。她受不了老年人身上那股特有的气味和他们的药油味。她住的地方还没通地铁，下了公交车还要走二十多分钟的路。城乡接合部区域，有搭客的摩托车，可是大清早的，不容易叫到。尘土飞扬的水泥路上，满身脏兮兮的农民工迎面走过，勾肩搭背地有说有笑。她一脸漠然，拖着疲乏的身躯没精打采地慢慢往住处走，毫不掩饰自己的憔悴。

除了三教九流、龙蛇混杂让人隐隐不安之外，社区搞的垃圾分类，让朱颜愈发想逃离。多个垃圾投放点被撤销，只剩下一个指定投放点，且位于较远的僻静处——一个人迹罕至的社区边缘角落。每次扔垃圾，她踩着高跟鞋像翻山越岭走了十万八千里般难受。夏天热出一身汗，冬天吃一路的冷风，下雨天更不用说了，不小心就要湿身。楼道本是有两只圆滚滚的垃圾桶的，垃圾由保洁员定期清运，可分类后住户都要跋山涉水跑一趟。

在垃圾集中投放点，有个专管分类的中年女人，管理很严，喜欢横挑鼻子竖挑眼。中年女人看样子也快五十岁了，长得相当高胖，架势比国家领导人还威风凛凛。日本作家夏目漱石说："那张脸，十九世纪卖不出去，二十世纪还砸在手里的赔钱货。"用来形容她很贴切。

想必她亦深知自己身材高大、气势足，能镇得住人，一天到晚围着那栋低矮的集装箱板房和几个垃圾桶转。她大摇大摆地在那里踱来踱去，仿似一艘在海上巡逻的航空母舰。每当有人前来，她笃定地站在旁边指指点点。一旦谁不按规定投错了，就得掏出来再重新投放。像很多尽忠职守的保安门卫，她绝不放过任何一个错误。

每次不得不与之狭路相逢时，朱颜总想起以前读书时的宿管大妈，怒目而视地检查学生有没有关灯睡觉。有一回朱颜把厨余混杂其他垃圾投放到同一个桶内，那女人看到了，立刻暴怒咆哮起来："你这袋子有厨余，为什么不分开？你又不是七老八十、手残脚废，这么年轻就不遵守分类规则！掏出来重新放！"朱颜被这怒斥吓得一激灵，赶紧接过她递过来的带钩杆子，顾不得恶臭把垃圾翻掏出来，以尽快平息对方的怒火。在那尴尬的当口，她情愿把垃圾留在家里发臭，也不愿意跟这个凶神恶煞般的女人有任何交集。

即便朱颜如此顺从，那女人亦不肯轻易善罢甘休，在旁边撸袖叉腰，继续喋喋不休，仿佛朱颜不下跪叩头认错，不足以浇灭她那肉眼可见的熊熊怒火。朱颜恨得牙痒痒的，无奈自己理亏在先，心里直骂这女人神憎鬼厌、人神共愤。旁人眼看朱颜被修理得如此之惨，未等那女人开口，就老老实实把垃圾拿出来分好再投。不得不让人感叹，这杀鸡儆猴的做法十分有效。

偶然的机会，朱颜得以告别昼夜颠倒的工作状态，告别对她颐指气使的上司，也告别让她日渐厌弃的出租屋和那凶巴巴的胖女人。她去了电视台，做了主持人。能够飞上枝头，少不了岑少希的提携。朱颜对这位亦师亦友、亦父亦兄的贵人很是感恩戴德。后来他叫她陪着去见领导，她也不是没有抗拒过，但最终还是义不容辞占了上风。

有了第一次，便有第二次。次数多了，很长一段时间，朱颜都担心会不会染上什么脏病。如果有卸磨杀驴的一天，又该如何是好，何去何从？她不是没有想到这一层。她有自个儿的一番打算，眼下最重要的是搬离城乡接合部。

网络上曾经有一句很火的流行语："只要他疼爱我，哪怕他是一头狼，他就是我的爷。"朱颜鬼迷心窍了，对他言听计从。

三

房产证是有的，上面也只写朱颜一个人的名字。她父母好面子，女儿出人头地，年纪轻轻在大城市买了房子，必须显摆热闹一番。入住新居那天，老家的亲戚、七大姑八大姨，在广州八竿

十态

子打不着的老乡，也一窝蜂地前来道贺。乌泱乌泱的一大波人潮水似的涌进来，一进门就用家乡土话交谈起来，言语粗鄙。打扮俗艳的妇女叽里呱啦的，像嘈杂的菜市场里大妈在讨价还价。抽着烟的中年男人，鉴宝似的把屋里的家私东摸摸西看看。他们都是自来熟的人，不请自入地逐个房间参观个遍，高声评头论足，啧啧地感慨赞叹。

她家的阳台朝东，早上太阳直溜溜地照进客厅，晒得整间屋子都是热辣辣的。几个小孩在开着空调的屋子里格外兴奋，活蹦乱跳地跳到新沙发上，快乐得像一群石山猴子。他们像发现了新大陆般上蹿下跳，誓要测试沙发质量够不够过关，比玩蹦床还激动。

大人笑嘻嘻地在旁看着，并不加以阻止，说这样活蹦乱跳可以旺一旺新家。但这些小孩实在是太招人嫌了，越是放纵便越是闹腾，吵得人人们简直无法好好聊天。终于有个五大三粗、膀阔腰圆的女人露出不耐烦的神色。她不再坐视不理，放开喉咙，粗声粗气地呵斥："你们这帮'化骨龙'真像被鬼追杀似的，吵到人说话都听不到！别闹了！再吵就都轰出去！"厉声呵斥的效果立竿见影，"化骨龙"们马上被镇住，有所收敛地压低了嬉闹的声音，消停了一会儿。

新居位于市中心，是闹中取静的好地段。里面树木森然，花红草绿，绿化好得令人产生住在乡下的错觉。正是"绿树阴浓夏日长，楼台倒影入池塘”的时节，处处绿树成荫，池塘也有一个，栽满了荷化，不能“天光云影共徘徊”，也无法“潭影空人心”。

居住其间的大多是数口之家，像她这样的单身女子独居于此的很少见。朱颜一边微笑地招呼着这些面目陌生的老乡，一边心疼可怜的沙发。那些顽皮的孩子仿佛每一下都重重地跳在她心上，踩在她心里最柔软处。

初夏已过，盛夏逼近。没有风，明晃晃的太阳晒得花园里的植物奄奄一息。酷热中，蝉鸣显得愈发大声，无处不在。站在阳台上，远远地可见小区西门入口处的保安亭上爬满了藤蔓植物。整个亭子只有门窗幸免，未被错综缠绕的枝叶覆盖。荷花池里，圆大的、墨绿的叶子你推我挤，一朵朵荷花探头探脑地开着。每一朵伶仃独立，骤看来则是成群结队，红的粉的白的，像说好了一起凑热闹似的，诠释着什么叫“接天莲叶无穷碧，映日荷花别样红”。

转眼日影西移，黄昏渐近。屋外蝉声逐渐寥落，屋内人声亦已散去。朱颜终于得以清静，和母亲到楼下去散步。她们沿着小区内围的绿化带慢慢地走，灌木丛里有一些被遗弃的流浪猫，因常有好心的妇人拿猫粮来喂它们，一只只长得肥头大耳，比家猫有过之而无不及。

那些被绳子拴牢了的小狗随主人出来放风，汪汪汪地叫着表示羡慕。虽然它们自有主人的宠爱，可是想追逐那些敏捷的猫却是万万不能的。猫一看它们作势来追，马上三步并作两步溜进绿化带的

十态

荫翳处，轻捷得转瞬即逝。朱颜每经过楼下的宠物店，都会看到玻璃橱窗内躺着好多娇生惯养的猫，柔弱无力地躺着，也是一样的肥头大耳。它们慵懒的眼神透着骄矜，养尊处优惯了，没有眼前这些流浪猫自由快乐、灵活野性。

夕阳满天，晚霞中的草坪染上了一层柔和的金色。割草机咕呜呜地响，空气里弥漫着新鲜的青草味。很多楼层的阳台上都挂着衣服、被褥，在微风中翻飞。与朱颜家正对着的楼上的一户人家，阳台密密麻麻地晾着一排小巧的婴儿衣物，在微弱的霞光中轻轻晃荡。一个坐月子的少妇，头上包着一条白色的碎花头巾，靠在玻璃门边百无聊赖地眺望远处。旁边是个月嫂模样的妇人，拿着一根晾衣杆把挨挨挤挤的衣服逐件逐件往两端推，让衣服之间的距离更紧密些。然而腾出来的空隙马上又被填上，新晾上去的衣服似乎还散发着薰衣草的清香。

天一点一点地黑了。苍茫的暮色中，路灯亮了。道旁树的叶子迎风飞舞，天边一钩新月缓缓地升起，月光之下的花园热闹了起来。推着婴儿车的妇人，坐在花基上唠嗑的大爷，还有轻歌曼舞的大妈——她们舞着舞着，突然猛地用力抖一下手中的布折扇，潇洒地发出"啵"的一声，然后投入地继续舞。

和别处的小区并无二致，这里晚上也有大妈大爷倾巢而出，不惧汗流浃背，在花园的空地上翩翩起舞。不过素质似乎比别处要高，音乐的音量比别处的要小，舞仿佛也跳得比别处的优美。

华灯初上，人影幢幢，舞者们仿佛一个个都婀娜多姿、妩媚动人。朱颜和母亲慢悠悠地走着，瞧着新的环境新的人，她心里是安然的。新家与之前的出租屋相比，如云泥之别。

四

朱母答应留下来小住。朱颜常常不在家，她一个人住在装饰精致的房子里，太冷清了，像玻璃缸中一尾孤独的鱼。敞亮、透明、新净。楼层又高，不接地气，不接人气。高处不胜寒，静得只听见空调细微的声音，寂寞深锁的感觉。无边的寂静，莫名的烦躁，咄咄逼人般令人窒息。在这样的环境中待久了，尤其是新进城的乡下人，习惯不了恐怕要发疯。偶尔出去逛街散心，看着陌生的街衢、林立的高楼、头上逼仄的天空，人简直要喘不过气。

朱母执意要到天桥上摆地摊卖杂货，朱颜是反对的。她今时不同往日了，下意识认为这样的工作不上等、丢人。每天一早，朱颜前脚出门上班，她母亲后脚就拿着个蛇皮袋和小凳子去摆摊。说不上琳琅满目，但女人用的小饰物、发夹、发带、钥匙扣、指甲钳、小剪刀、透明的证件套等应有的几乎都有。

清早的天桥上人来人往，她不介意做个穷小贩，不求卖出多少获利多少，志在打发时间。不远处的广场空地上，早已被跳舞、打太

十态

极、舞刀弄剑的大爷大妈所占领。伴着林子祥的《男儿当自强》，他们快乐地扭着，"做个好汉子，热血热肠热，热胜红日光"。随着气温逐渐升高，她拿着一把塑胶扇子，扇啊扇的，并不觉得失礼于人。那扇子是房地产中介搞营销活动时派送的小礼品，上面印着售楼广告。

临近中午，她又扛着这点小家当回家，等下午太阳不那么火热了再出去。像普通的上班族，摆地摊让她心里默认自己是个有工作的人。这工作也有惊险的时刻，跟城管周旋，像捉迷藏，像兵与贼的游戏。大老远瞧见城管巡查，她跟着别的小贩，风一样仓皇逃走。在乡下的收获时节，晒谷场的农民遇着乌云密布的天空也不外如此。匆匆忙忙把东西收起来，撒腿就跑，有一种在闹市冒险的刺激感。直至太阳落山，估摸着朱颜要下班了，她才回去准备晚饭。由于得不到朱颜的明确同意，她不得不鬼鬼祟祟，避免被逮个正着。而朱颜眼不见为净，便随她了。

入夜，万家灯火都亮起来，楼下又热闹起来了，跳舞的跳舞，唱歌的唱歌。母女俩吃完晚饭，洗好碗筷，朱母这回可以大大方方地出门溜达了。她不跳舞，也不喜欢跳舞，不像城里的这些老太太那么活泼好动。在或缓慢悠扬或动感激情的音乐声中，她坐在树下的石凳上，感受她们的热闹，这是她一天之中最放松的时刻。

刚住满一个月，朱母还是嚷着要回乡下，说是放心不下家里的两个孙子。本来她私自投靠女儿，不帮忙照顾孙子，儿媳妇已有怨言。如今"离家出走"一月，家里不知道如何鸡飞狗跳。朱颜知道母亲嫂子婆媳不和，常为一点鸡毛蒜皮的小事拌嘴，想着接她过来远离纷争，安度晚年。殊不知她竟如此不争气，放着清福不享，真是劳碌命。朱母明白她一片孝心，只是默然不语，她其实也是思乡情切，离乡一月如隔三秋。朱颜佯装生气，朱母拗不过，又住了两个月。但眼见老人家"身在曹营心在汉"，整天闷闷不乐，朱颜只好作罢，任由母亲回去。

临别之际，朱颜塞了一包钱到母亲的行李袋里，千叮万嘱不能让父兄知道，免得又被哄了去。朱颜的父亲是个好赌之徒，活了大半辈子一事无成，唯一的成就是供朱颜读完大专。她哥哥朱磊不学无术，却完美地继承了父亲的赌博基因。老家的房产地产差不多被这父子俩败光了。母亲性子软，没少受气，而她丈夫、儿子又是一等一哄钱的好手，将她省吃俭用省下的一点棺材本搜刮得七七八八了。

朱磊白生了一副好模样，脑筋灵活也没用在正道上，在广州多年也没有混出什么人样来。早年送煤气，后来送快递，现在送外卖，赚到那么点钱，补贴家用和买六合彩后便所剩无几，永远做着一夜暴富的美梦，永远处于手头紧的状态，隔三岔五跑来找妹妹，伸手就要钱。次数多了，朱颜忍无可忍，勃然大怒："我的钱不是

十态

刮台风刮来的，不是捡树叶捡来的，你以为钱那么容易挣啊！整天就知道大手大脚，赌赌赌，也不想想我的难处！"数落得他一声不敢吭。

然而朱磊厚颜无耻，用不了多久，他便"好了伤疤忘了疼"，觍着脸继续来。摊上这么一个兄长，朱颜深知即使撕破脸也无济于事。长贫难顾，除非断绝关系，再无往来。

她所受的教育和生活际遇让她脱离了原生家庭的价值观。

五

母亲走后，朱颜准备亲自到物管处旁边的家政公司物色保姆。出门时碰巧电梯在检测维修，不得已走楼梯。她踩着高跟鞋一级一级地走下来，钝重、急促，每一脚都仿佛带着深仇大恨，用全力跺在楼梯上。震天动地，像人咕噜咕噜地滚下来。在空旷寂静的楼道里，"咚咚咚咚"的回声沉重而突兀。亏得她身手矫健，不一会儿就顺利抵达一楼。

在家政公司门口，朱颜听到经理在里面跟人聊天。熟悉的乡音，一下子听出是她老家那边的人，莫非他乡遇故知？说话的是个穿碎花长衫的中年妇女，看起来年纪比她母亲要小，约莫五十岁。个子一米七上下，薄薄的刘海，扎着一条到肩的马尾。整个人本就十分清瘦，因为高，更显得瘦削。一张圆中带方的脸，颧骨有点高，略显苦相。嘴唇略厚，牙齿整齐洁白，皮肤略有点黄黑黄黑。双手因常年干活，比城里这个年纪的妇女的手要粗糙得多，但眼神柔和，面相憨厚，给人感觉竟然很温婉。

　　朱颜向那个胖胖的女经理说明来意。旁边的妇人很敏锐地察觉可能遇着了老乡，突然望着朱颜问："你也是粤西的吗？"朱颜微微一笑，点了点头道："你来找工作？"妇人简单地自报家门，自称秀群。儿子来广州读大学，她也从乡下老家出来，想找份家政的工作，赚钱供儿子读书。她丈夫去世得早，公婆又跟小叔子一家生活。家里剩她一个人，就把田地都租给别人，像陪读一样跟了来。

　　秀群以前在老家以种菜卖菜为生，儿子仅周末才从县城回来，学习上的事从不用她操心。幸好儿子聪明懂事，考上了华南理工大学，学校就在朱颜的小区附近。送儿子入学军训后，秀群落脚的地方还没定下来，就马不停蹄地开始找工作。想着真做了住家保姆，连房租都可省了。这日，她进来打探有没有钟点工或保姆的工作可做。保安大叔见是一个朴实的乡下妇人，好心放她进来并指引她找到家政公司。一番毛遂自荐后，家政公司经理叮嘱她先去办好居住证再过来。

　　朱颜看她忠厚老实，又是同乡，单刀直入地问愿不愿意来她家做保姆。包吃包住，三千五百块钱一个月，主要工作是打理日常家

十态

务，照料她一人的起居饮食。如果没问题，直接随她去，居住证随后再办。秀群没想到这样幸运，一来就找到了工作，自然是一万个愿意。由于秀群未正式登记，不算家政公司推荐，因此连中介费都免了。她们当下一拍即合。

秀群是朱颜老家邻县的，她们口音相近，饮食口味和风俗习惯一致，秀群做的饭菜很合朱颜的口味。而且秀群性格内敛沉稳，不像大多数农村妇女那样叽叽喳喳爱搬弄是非。她不八卦好奇，每天洗衣、做饭、拖地、浇花，该干什么就干什么，从来没有二话。总的来说，秀群背景简单，家里能说的情况都和盘托出，算是身家清白、知根知底的，因而主雇二人相处得十分融洽。

端午前夕，有人送朱颜一筒粽子，由薄薄的、黄白色的竹篾织就的圆柱筒装着，比罐装的雀巢奶粉筒要大将近一半。据说是千里迢迢从杭州带来的，两只牛肉粽、两只猪肉粽是咸的，其余全是甜腻腻的蜜枣粽、八宝粽，真空密封，硬邦邦的，像石头。

那粽子的包装异常精美，拆开了其实普通得毫无新意，更无法与新鲜出炉的粽子相媲美。过节那天早上，秀群蒸熟了几只端出来，作为早餐。朱颜咬了两口就放下了，简直难以下咽。虽然早有心理准备，秀群也直呼这辈子没吃过这么难吃的粽子。她们家乡的裹蒸粽是出了名的，把她们的胃口养刁了。看着那华贵精致的真空包装，直接扔掉又觉得可惜，放着又嫌占地方。剩下的几只未拆封，"食之无味，弃之可惜"，比鸡肋还鸡肋。

犯愁之际，秀群联想到隔壁家的钟点工，或许能作为顺水人情送出去，偏偏这两天没见那人踪影。她趁早上出门买菜时，顺便捎带出去准备扔掉。刚出电梯，碰见清运垃圾的保洁员，便送给了对方。对方乐呵呵地接受了这份馈赠，开心地拿了去。

颜值高的东西果然容易出手，就像买椟还珠。联想到女人的容颜，新的老去，又有更新的出来，绵绵无绝。新的容颜，新的人，新的故事继续发生，再美貌的女子，最可珍贵的也就那么几年。

六

"你知道吗？上次那个顾总又来了，这两天在粤东考察呢。"岑少希跟朱颜说这消息时，她正坐在沙发上嗑瓜子、看电视。她漫不经心地哦了一声，等他继续说下去。岑少希说："我叫小黄明天送你过去。"见过那个顾总一次，她能察觉到他对她虎视眈眈。岑少希自然也看在眼里，此次叫朱颜前往，明显别有用心。

秀群在阳台浇花，屋内的话听得清清楚楚。她却像是聋人一般，仿佛完全丧失听力，只一心一意地浇她的花。喷壶没有停下来，晶莹的水珠一路浇过来。端午刚过，龙舟水骤然停了，一连两

十态

个星期艳阳高照。难得这天没有太阳，却还是湿热难耐。阳台的水仙、玫瑰、茉莉、文竹、绿萝、吊兰、玉簪……长得蓊蓊郁郁，在这个没有阳光的午后。

天阴阴的，老是叫人产生在下零星小雨的错觉。可一直没下下来，像个想哭而未哭出声的人。

岑少希留下来吃晚饭。秀群做了他最喜欢吃的鱼。鲈鱼骨刺不多，朱颜还是小心翼翼的，像一只猫，仔细地、认真地细嚼慢咽。因为小时候吃鱼被鱼刺卡过喉咙，"一朝被蛇咬，十年怕井绳"。吃着吃着，她想起小学课本上学的《江上渔者》，记得那么深刻的范仲淹的诗。在早读课，一个年过半百的乡间教书先生带着他们读："江上往来人，但爱鲈鱼美。君看一叶舟，出没风波里。"教室里书声琅琅，阳光从玻璃窗斜斜地照进来，在晨曦中开启一天的学习。那如梦似幻的少年时代，恍如隔世。

两个人饭后坐在沙发上，电视机开着，可是各看各的手机。朱颜百无聊赖地翻看社交媒体的朋友动态，又看到之前单位的实习生和一群闺密合拍的一组照片，像盘丝洞走出来的女人，性感暴露的着装、迷离又叛逆的眼神，再加上烈焰红唇，魅惑的动作、姿势、神态，活脱脱一群另类妇女。

她想把照片给岑少希看，迟疑了一下还是忍住了。上次也是类似的照片，她给小黄看了，问他对这样妖媚作态的女生怎么看，小黄不假思索道："现在的女生不都这样吗？"这话她听起来有点刺耳，一阵憎恶地痉挛。然而她只是不作声，因为无言以对，心想："你老是遇到些什么女人啊，难道物以类聚？"

小黄曾描述过他的女朋友，大概也是这种女生。朱颜怀疑自己是不是老了，跟不上时代了。小黄说他女朋友的父母还是警察呢！朱颜想，她父母看到她的这种照片，不顺藤摸瓜把她当失足妇女抓了才怪。

有一段时间，小黄的头发红红的。一问，才知道是他女朋友帮他染了。她心血来潮想换个时髦新造型，嫌一个人染不过瘾，要跟小黄来个"情侣款"。于是变魔术似的，一个干净清爽的阳光大男孩，变成了一个不伦不类的小混混。顶着一头红发接送领导，岑少希为此怒斥了他一顿，说把头发染成那样，无法带他出去见人，连当司机也不够资格。后来小黄的女朋友跟他闹分手，他气不过，把两人恋爱期间的每一笔花销都算出来。女方十分生气，嘲讽道："你还是个人吗？还是个男人吗？"就差把"渣男"标签直接贴在他的额头了。

自那次对话之后，朱颜对这个涉世未深的大男孩印象分大打折扣，对时下有些小年轻的审美不敢恭维。她想到"世风日下"这四个字，但没有说出口。岑少希常常提醒她不要乱说话。

十恋

七

次日一早，小黄来送朱颜去见顾总。正值上班高峰时段，又是周一，入城的车浩浩荡荡，出城的车如此。不管东南西北哪个方向，都水泄不通地塞车，偏有个年轻男子不知死活，因为失恋爬上海珠桥意欲轻生。现场站满了出行受阻的车主和乘客，警察在跟他谈判。他说要女朋友来，不来他就不下来。大家被堵了半天，耐心和怜悯被消耗殆尽，有人按捺不住，朝他大喊："你跳啊！有种你就跳啊！别在这里碍着地球转！"两个钟头过去了，男子的女友还没来。而他看样子是在上面站得太久，腿脚发软了，身体摇摇晃晃，意志也出现了动摇。

太阳越升越高，日头高照，晒得人口干舌燥，半空的男子似乎快坚持不住了。朱颜刚好被堵在桥中央，探出车窗盯着他，不禁心头火起。这次出门不知道得罪了哪路神仙，如此不顺，偏岑少希一个电话又一个电话地催促和叮嘱。她本就因塞车积压的满腔怒愤无处发泄，通完电话，自言自语怒道："他上赶着要出殡吗？催得这么急！"小黄在旁一字一字听得清楚，没有吱声。等到临近中午，堵塞的车流才像便秘得以疏通，一泻千里。

终于上了高速，车一路朝东驶去。早两个月她过来时，高速路中间的绿化带植物枯的枯、死的死。从去冬到今春，久旱无雨。当时枯枝枯草一路延绵过来，没有一星半点春的讯息，直叫人疑心不是芳菲浓荫的人间四月，而是萧索衰败的寒冬腊月。此番经过几轮瓢泼的龙舟水，终于绿的绿、红的红，一片树木葱郁、遍地浓荫的景象。

抵达粤东汕头，已经日薄西山。朱颜在酒店大堂等候片刻，突见一人出来，连忙迎上去，未语先笑，招呼道："陈秘书好哇！"她穿着一条宝蓝色的长裙，十分雍容华贵，尽管脚踩十一厘米跟的白色高跟鞋，裙子仍然长得几乎及地，所到之处搅动幅度大得足以扬起一片尘埃，将地板拂扫干净。陈秘书见她翩然走来，看呆了。当然只是瞬间流露惊艳，很快便恢复正常。

朱颜轻移莲步，姗姗地走过去，摇摆生风。有肉的地方是人在动，没有肉的地方是裙在动，缥缥缈缈、迎风摆柳，举手投足之间摇曳生姿、玲珑有致。鬓边一咎轻纱似的刘海斜斜地贴向右侧，偶有几缕不听话的发丝滑落下来遮住视线，她便用纤纤玉手轻轻一撩、虚虚一掠，更显风情万种、千娇百媚。如此姿色，即使与人对视，也经得起近距离的打量。

当她站定，开口说话又是那么轻言细语，温柔无限。当她认真聆听时，则用一双藏着星辰大海的眼睛望着对方，满眼脉脉含情。怪不得她每回都能马到功成，实在是一颦一笑都掩不住眼波流转，顾盼生辉。

十态

陈秘书与朱颜寒暄，小黄在旁边微笑着。陈秘书的目光移过来，看着这位打扮得一丝不苟的小伙子，似乎要礼貌性地握手。但朱颜只是笑意盈盈地跟对方低声客套，完全忘了介绍。小黄有点尴尬，保持着职业的假笑，微微伸出的手停在空气当中，又弱弱地收了回来。

陈秘书告诉她，顾总刚开完会，正在晚宴现场。在陈秘书的引领下，朱颜来到酒店三楼的晚宴现场，小黄则知趣地自寻去处等候安排。朱颜像打了十二吨鸡血，一路花摇柳颤地穿梭于人丛中，和颜悦色地跟人打招呼。对这个热情美貌的女子，有的人与之初次见面，像浮光掠影，刻意保持距离以避嫌疑。有的人即使跟她早已相熟，众目睽睽之下也佯装不太熟稔。而更多人对她则是惊鸿一瞥的印象。她像一只花团锦簇的绣球在众人眼前掠过。

显然男人们觉得，这个令人神魂颠倒的女人绝非等闲之辈，有点热情过头，很担心自己的老婆要是看到她挨她们的丈夫那么近，会妒火中烧、怒不可遏。

夜已深，月淡星稀，路灯彻夜不眠地亮着。

八

朱颜一去就是一个礼拜，秀群如常看家，打扫卫生、洗晒被褥、浇花除草、买菜做饭。女主人不在家，没有客人上门，斟茶倒水的活儿也没有。偌大的房子，只有她一个人，偷懒也没人发现。房子一如既往地收拾得干净敞亮。不过不找点活儿忙活，时光漫漫难以打发——即使这房子不是她的。想到这些，她更觉得寂寞。这屋子是金灿灿的鸟笼，朱颜是金丝雀，她是麻雀。朱颜是笼中鸟，她也是。朱颜不在，她也飞不出这屋子。

在这熙熙攘攘的城市，她一个农村妇人，人生地不熟的，最多和对门的保姆聊两句。可人家不一定有空，除了买菜时打个照面。楼上楼下的保姆，不是要带小孩就是要照顾老人，哪像她这般轻闲。只需照顾一个年轻的女主人。她也不可能如朱颜那般，去运动、瘦身、纤体，美容、美发、美甲，或者约闺密逛街扫货，一去就是一天或一下午。她甚至不懂得如何在网上购物。朱颜一不高兴就在网上疯狂地买东西，买回来的衣服鞋子堆山填谷似的，有的一次都没穿过就直接送人。

从粤东回来后，又过了些时日，朱颜辞去电视台的工作，做起了直播平台的主播。在此前积累的人气的基础上，她的知名度又有了一个质和量的提升。在美容纤体方面，朱颜绝对是个狠角色，非常有发言权，所以网红女主播，她做起来得心应手，说起来口若悬河，聊聊美容心得，谈谈如何保持身材，捎带卖点相关产品，一天就过去了，在镜头前混得风生水起。

十态

　　她觉得自己的美貌还有进步空间，于是进行了第二度整容。这回，原本略显圆润柔和的鹅蛋脸，变成了尖尖的瓜子脸。每次洗脸，她都得小心翼翼，好像生怕那鼻子不小心用力搓一下就会被搓掉。她也曾担心万一跟人发生口角继而有什么肢体冲突，要是混乱中挨了一巴掌，这些眼耳口鼻会不会变形，那后果是不堪设想的。当然，这种情况发生的概率很低，近乎不可能。

　　女人对自己的容貌永远不会满足，认为自己还可以更漂亮，再漂亮一点，并且终生为这件事孜孜不倦，想方设法，哪怕花费再大，也在所不惜。所以总有女的为了整容不惜痛下血本，跟手术刀和化学品较劲，想当然地以为变美了，实际上变得毫无辨识度，甚至可能整得连自己的生身父母都认不出来。朱颜因为底子好，没有那么狂热，却也不例外地修修补补力求最佳，为一副幻想中的完美面容而矢志不渝，终生奋斗。

　　有一次，闺密向朱颜抱怨老板开会时偷摸她大腿，被很多人瞧见了，羞得她无地自容。说千不该万不该，那天穿了一条超短裙，春光乍泄，若隐若现。肉色丝袜掩不住白花花的大腿的魅力，旁边的老板心旌荡漾，以至按捺不住，在桌子底下伸出"咸猪手"，轻轻地拍了一下。朱颜嗤之以鼻，认为她描述得如此绘声绘色，似在故意炫耀自己春色无边、魅力无限。

　　对于朱颜的整容效果，闺密当面一顿猛夸，说她脸变小了，鼻子变挺了，屁股下巴不明显了，连没有动过的胸部仿佛也连带变得高峰耸立、波涛汹涌了。但其心里是夹杂着羡慕妒忌带来的恶言恶语，转头跟另一个女人嘀咕："整成那样，还不如回炉再造。"把她狠狠地损了一通，讽刺得体无完肤。

平心而论，朱颜待她的那些闺密是真没什么心机，有好东西从不吝于与她们分享。名牌衣服一次都没穿过，眼睛眨也不眨就送出去。她们当中谁结婚，她必定热情捧场，随礼亦理所当然出手阔绰。

"南非国父"曼德拉逝世那天，铺天盖地的新闻。全世界都沉浸于痛失"自由斗士"的悲痛之中，朱颜的一对高中同学大摆筵席，婚礼如期举行。她和几个好友拨冗前往，在迎宾处和新人合照。雪白的婚纱，笔挺的西装，鲜花簇拥的新人，三五成群的宾客。喜庆的照片发到黑压压的社交媒体上，在举世同悲痛失"自由斗士"的悲伤氛围中，显得格格不入。

此前不久，新娘新郎才结束了各自的第一次婚姻。谁都说他们是真爱，分开多年，各自成家，又为爱离婚，再为爱走到一起。新娘生得一对八字眉，乌漆漆的，跟富豪前夫一口气生了三个儿子，曾让多少同学羡慕不已。朱颜跟她从前是很要好的朋友，后来不大往来了，每回朱颜想约她出来，她总说要在家带娃。听到她再婚的消息，朱颜先是惊讶，然后微笑，最后如约而至。

十态

都说事不过三。按照老一辈的说法，"伴娘不过三"。如果做伴娘超过三次的话，会影响姻缘，也就是说以后可能嫁不出去，不是很吉利。作为别人婚礼的常客，早年更年轻的朱颜自然不迷信这类毫无科学根据的无稽之谈。同学、同事、闺密需要她挺身相助，她向来义不容辞。具体次数，已多得记不清了。如今与她同年龄段的女人要么名花有主，要么儿女绕膝，剩下她尚待字闺中。

想到那个伴娘"魔咒"，她有点儿懊悔了。不管装饰过多少男人的梦，如今沦为别人的点缀和凑数的看客，信心不免要受到打击。妒忌她的闺密想到这一点，心里也平衡多了，变得同情起她来。可恨之人必有可怜之处，却不知道可爱之人也有可怜之处。老天爷对朱颜的眷顾，似乎都用在她的美貌上了。

九

时间如白驹过隙，眨眼三年又过去了。

古代的青楼头牌阿姐即便姿色出众、能歌善舞，琴棋书画样样精通，也逃不过"一双玉臂千人枕，半点朱唇万客尝"。朱颜不长袖善舞，不善操琴弄曲，容貌也未达到倾国倾城的境地，但芳名远扬，男人们对她趋之若鹜——因为品牌效应。说她坏，她又够不上"红颜祸水"的程度，因为她本性其实并不坏，狐媚惑主、祸国

172

殃民是她从来没有想过的事。

最初她不是心甘情愿的，往后却是自甘堕落的，所以谈不上可怜，亦算不上可恨，完全是咎由自取。她有点小聪明、小手段，如果当年没有被岑少希"相中"，终其一生也许不过是个平凡过日子的小女子，相夫教子、洗手做羹汤。那样平淡无奇的人生，未尝不是最好的结局——总好过刹那芳华的玫瑰，凋零、飘零，沦落风里碾作尘。

三年里，朱颜阅人无数，在寒夜里温暖了很多陌生的身体。那些人，都有钱有势。

夜阑人静，朱颜偶尔会想起学生时代暗恋的那个男孩。曾经，她的心灵和肉体都纯白如雪。春天的晚上，大家一起在教室自习。前面的男孩突然回过头来，轻声跟她说一件有趣的事。还没说完，他就自个儿忍不住笑了。他强力抑制住，避免笑出声来，样子有点滑稽。她也笑了。他不知道，她笑并不仅仅是因为他说的事，还因为她见他笑了。他的笑容真好看，比阳光还灿烂，她的心像雪一样融化了。

可是年月把这点阳光变成了失去。她一想起来就心酸，仿佛眼前隔着滔滔江水，江面宽阔，对岸的人像个小黑影，越来越远，越来越模糊，逐渐看不清，最后看不见了。原来，是她在流泪。

在那个单纯的年纪，她默默地喜欢他。也许他察觉了，也许

十恋

没有。她对他的恋慕，那么明显地写在脸上，写在每一句柔声细语里，写在眼睛的星辰大海里。他会傻到没发现？大家都没有明说。就这样错过了，没有开始便已结束。许多年以后，她在一本书上读到一个很文艺的句子："见了他，她变得很低很低，低到尘埃里，但她心里是欢喜的，从尘埃里开出花来。"她泪如泉涌，为有人说出了她那时的感受。

后来有个同学跟她说起同班同学的新闻，说到他，说他回老家做公务员了，娶了妻，生了子，过得很幸福。她立刻觉得他们之间像隔着几千里地，遥远，天各一方。她轻轻地摇了摇头，轻微得同学没有发现，还在继续说。她又摇了摇头，再摇头，意思是说"不要说了，不要再说了，不要再说下去了"。她接受不了他的幸福与她无关。经年累月，她还是忘不了那一幕，在她心里辗转，辗转，再辗转，那么悠长，那么甜蜜，又那么伤痛，像一个旧患，不时跳出来隐隐作痛。

是有这种情况，女孩子太美，美得让男孩子有距离感，不敢靠近，或者说，不敢高攀。即使女孩子芳心暗许，但受制于矜持、自尊、面子，也不敢表现得太过直白明显。于是，两个人都不敢最先迈开第一步，最终错过了彼此，遗憾终生。许多年以后，等她想明白了这一切，才痛悔不已。他们或许彼此都有过永远在一起的想象，有过害怕失去的惊悸，有过"死生契阔，与子成说。执子之手，与子偕老”的憧憬。他们最初的、最简单的，对天长地久的期盼，像流星般璀璨美好的悸动，哪怕会转瞬即逝，从此堕入无边的黑暗，也足以让人一生念念不忘。

在物资匮乏的年代，人与人的关系很简单很纯粹。她和他都不是大开大合、敢爱敢恨的江湖儿女，而是小心翼翼，你猜我猜、你瞒我瞒的少男少女。在爱情的种子萌芽之际，他们竭力装作若无其事、语调自然，任内心大浪滔天、春潮暗涌。他们柔肠百结地把那份爱意压抑，揉碎，搓烂，然后独自品味，埋藏在心灵的最深处，经年不消。他们从未开始，更谈不上结束，来不及争吵、鄙夷、冷战、心碎。这是最伤人的爱情，无始无终，拾不起放不下，说不清道不明，无尽辗转，确定后推翻、推翻后再确定地猜疑，留下永远的悬念。

如果跟了他，一切会不会改写？她想象过无数次，坚定地认为一定会。可是她没有那样的福气。她对他再牵肠挂肚，也不可能有机会在他面前眼泪横飞、倾诉衷肠了。

自他之后，千帆过尽，皆不是。

十

那年的秋天来得比往年要早一些，主要因为雨水较往年多，特

十念

别是立秋之后，隔三岔五地下雨，稀稀落落的雨让气温凉得比往年快得多。

农历七月十四，按照广东的传统习俗是要举行祭祀仪式的。即使在广州这样的现代化大都市，仍有不少人在门口、马路边及天桥底下给逝去的亲人焚烧纸衣冥币。祭拜的妇人口中念念有词，借着燃烧的蜡烛焚香祷告，火光中纸灰纷飞，浓烟缭绕。这个特殊的节日，按迷信的说法是地府大门打开，鬼魂出没的日子。所以夜晚的公园、楼下的广场几无人迹，连习惯了跳舞的大妈们也耐住寂寞，没事躲在家里足不出户，以免冲撞到什么孤魂野鬼。

七月流火，暑气渐消。朱颜突然心血来潮想回家乡看看。那天正好是九月七日，白露。这日黄昏，太阳徐徐落山。她走在家乡的小河边，沿着河堤一个人慢慢地走。又是晚霞满天，残阳如血。河水在夕照下金波荡漾，沉重的山影压在河面上，叫人想起"一道残阳铺水中，半江瑟瑟半江红。"

露从今夜白，夜自今日凉。还不到农历九月，却有一种仓促之感。

一个月后的中秋节，不知道为什么，她鬼使神差地又回去了。一年到头也没怎么回过家乡的她，一个月之内居然连回两次，不单家人觉得反常，连邻居看她的眼神也透出诧异。跟他们打招呼时，朱颜脸上挂着淡淡的笑，一如当年那个羞涩的少女。

　　几年没在老家过中秋了，中秋之夜的月亮又大又圆，果然是"月是故乡明"。她像个天真的小女孩，与邻居的小孩一道，围着大人们放孔明灯。看着慢腾腾地升空的孔明灯，跟他们一起欢呼雀跃，仿佛回到孩童时代。年纪大的孩子带着年纪小的孩子在放烟花，一朵朵烟花在夜空中绽放，灿若繁星。烟花一闪一闪的光映亮了孩子们的脸，童真的无邪的脸。他们的眼睛里也有火花，亮晶晶的，比星星还亮，全是单纯的兴奋和期待。朱颜像一个走失多年的孩子，突然回到失散多年的亲人身边，又像一个死了多年的人，暗暗地魂归故里。

　　从小到大，中秋节是她觉得除春节之外最快乐的节日。即使长大后节日的味道淡了，她依然这样以为。站在青春的尾巴上，她每到年关就犯愁，很想回家乡过年，但又近乡情怯，怕别人问长问短，不知如何回答才能化解尴尬。年龄一年比一年增长，还没有嫁人，老家的左邻右舍、亲戚朋友都会问。问她条件这么优厚（当然指外貌和经济能力），为什么还没嫁出去。跟她自小一起玩大的伙伴，不管男的女的，早已儿女绕膝了。因为农村人结婚也早。

　　在城市，节日的氛围没有乡下的浓，孤单单的一个人过，更显得每一分每一秒都寂寞难挨。那感受，像极了周围的人在狂欢，只剩下她自个儿郁郁寡欢地待在一个角落，双重的落寞和感伤。即使有几年到外地旅游"避年"，到没有春节的国外去，仍然逃不掉这

十态

种感觉。一想到别人"有钱没钱，回家过年"的热闹喜庆，想到春运时车站的人山人海，想到大家挤破头抢票回家过年的场面，她很心酸，心酸到无法呼吸，像被全世界抛弃了，难过、孤单、伤心、害怕。像是被无边寂寞包围到窒息，哭出声来也没有人知道，没有人安慰。忘了是谁唱的歌，说"孤独的人是可耻的"。孤独是那么不容触碰，又那么赤裸裸地显现。那感觉很冰冷，偏偏她又是极度渴望温暖的一个人。

"自古逢秋悲寂寥"，然而月色撩人，清风徐来，倒没有多悲。葡萄架下水井旁，茉莉花在夜色中开得清香扑鼻。这些花是朱颜的祖母所栽，如今斯人已逝去二十多年了。夜色沉沉，乡间村落灯火阑珊，只有零星的几户人家的窗口透出灯盏的亮光。凄迷的云天下，秋风吹着树影，婆娑摇曳，万籁俱寂，唯独草丛里的虫鸣唧唧。

淡淡的月光中，茉莉花愈发清香醉人。人们都睡了，朱颜思绪万千。每逢中秋佳节，又是此情此景，她默念苏轼那首千古名词："明月几时有？把酒问青天。不知天上宫阙，今夕是何年。我欲乘风归去，又恐琼楼玉宇，高处不胜寒。"下半夜的月亮在云中徐徐出没，几次三番一明一暗。她辗转难眠，但愿人长久。

该来的总还是要来的，有生之年，终不能幸免。她逃不掉。

十一

　　不知道为什么，朱颜近来老是心慌意乱。老话说"好的不灵坏的灵"，越怕发生的事越要发生。墨菲定律？岑少希新招了个秘书，叫段卿芸。她五官不甚标致，不算多美，起码不是那种标准的美，但胜在年轻，且一白遮百丑。说是大学刚毕业，丝毫不见初出校园的青涩和稚气。连小黄都说她言谈举止老成得很，一点也不像初入职场的新人。

　　小黄跟女友分手几个月了，他恢复自由身的洒脱和喜悦简直路人皆可感知。朱颜有一段时间没见他，他说坐飞机去上海见女网友了。他滔滔不绝地说得正在兴头上，她摇了摇头示意不想听。他只顾着兴奋地分享，压根没留意她表情的变化，她赶忙拦住他。小黄比她小十一岁，长得极像她中学时代暗恋的男生。她不想知道那么多，以减少些幻灭感。其实听没听完都已经幻灭了，很彻底。

　　那段时间正好是荷兰艺术家弗洛伦泰因·霍夫曼设计的"大黄鸭"在香港的维多利亚港下水，一时风靡万千市民。有人送了个"小黄鸭"的雅号给小黄。当然这是背地里的八卦代称，当着面大家笑嘻嘻的，好像什么事也没有发生过。东野圭吾说："世界上有两样东西不可直视，一是太阳，二是人心。"

十态

又到一年一度的香港小姐竞选，在电视上看现场直播，朱颜顿生昔非今能比之感。她记忆中的香港娱乐圈，20世纪八九十年代群星闪耀、人才辈出，现在却是辉煌不再，江河日下。随着繁华落幕，这项赛事也没什么看头了。一开场，主持人还是鼎盛期的那批主持人，年过六旬了还出来撑场。都是从小看到大的老面孔了，叫人不禁感叹香港演艺界式微，主持人跟演员、歌手一样，后继乏人。

果然不出所料，最后冠亚季军相貌平平，网上骂声一片。想到那个黄金时代的佳丽闪耀香江，繁华与落寞一对比，朱颜不由得感慨系之。这届选手长得不一定就那么不堪入目，也有人们审美疲劳的缘故，放在从前或许不会如此苛求。网络时代，传播媒介与当年早已不能同日而语。各种所谓的流量网红层出不穷，大家的口味与眼光也变得挑剔，看谁都不容易顺眼。

朱颜在网上翻看了一下大众的评论，尖酸刻薄的言论居多，不看也罢。曾经风光无限的港姐，除了被人吐槽，就是被人们所冷淡。即使并没有那么惨不忍睹，看客仍是"当选的都是丑的，不当选的永远才是美的"的心理。虽说长相美丑见仁见智，但人永远是得到的永不满足，得不到的永远在骚动。换言之，不管当选与否永远丑，美的永不参选。

这些年，朱颜没有白白埋没自己的美貌。然而最是人间留不住，朱颜辞镜花辞树。再美貌的女人，也有老去的一天。以色事人者，色衰而爱弛，爱弛则恩绝。亘古不变的教训，任年轻时如何容貌倾城，等到繁华落尽，年华逝去，还会有谁怜惜？

她自小在一个重男轻女的小县城长大，周围的女孩子从出生那天起，就不受家族长辈待见，被定性为赔钱货、迟早要泼出去的水。耳闻目睹太多不公平，朱颜知道男人靠不住，万事靠自己最可靠。像岑少希这种人，为了解决心腹大患，绝对狠得下心痛下杀手。昔日的温情甜蜜，哪比得上性命和仕途重要？有些男人心狠手辣起来很可怕，所以即使自己的父兄，她也信不过。

当初打定主意跟岑少希，她幻想过有一天他会离婚，娶她入门。渐渐地她认清了现实，不再痴心妄想，别说他知道她太多，他身边的人也知道她太多。她不过是一个工具，稍微"高级"一点的交际花。当然她也知道他和他们的太多事，无疑是一个定时炸弹。她手上抓住的把柄，都是祸根。

电影《教父》里的经典台词："永远不要让你的敌人知道你在想什么。"岑少希何等老奸巨猾，她的小心思他一眼看穿，全身而退并非易事。想走？没门！吃的吃了，拿的拿了，现在想溜之大吉，远走高飞，没有这样好打的如意算盘。

十二

换季了，秋风一阵比一阵凉。秀群因为老家的一位长辈去世，请了几天假回去奔丧。重阳节那天，朱颜和几个朋友去登白云山。大概因为出了汗又吹了风，回来就隐隐感觉要感冒。她起初不太在意，抱着侥幸心理以为第二天就什么事也没有了。半夜醒来一摸额头，发烧了。家里备有感冒药，可是一看日期，过期了。楼下药店早已关门，社区医院也乌灯黑火的，显然没有人值班。

从阳台望出去，楼上楼下静悄悄的，地面一个人影也没有，大家都睡了。三更半夜的，只有街灯醒着，睁着眼睛。高大的凤凰木落叶了，枝枝丫丫纵横交错，下面一片灰蓝的树影。黑暗的远处隐隐传来苍凉的车声，微弱的，像隔着浩渺时空，更衬托得更深人静。暗沉沉的无边的夜，一个微凉的黑茫茫的秋夜。

病来如山倒，病去如抽丝。朱颜这一病，断断续续拖了很久，等身体和心理都恢复正常已是农历的十一月底了。她终日昏昏沉沉，居然不知道已浑浑噩噩地过了三个月。等到基本痊愈，像放完假归来上班第一天的假期综合征，烦躁、不安，放飞的心还没有收回来。又像是临放大假的心情，焦灼，无心工作。她隐约感觉有事要发生，"山雨欲来风满楼"。

人们常说，红颜薄命。如果没有道理，怎会流传千百年，像不变的定律？她无法衡量美貌让她得到的是否比她失去的多。她拥有过，快乐过。但她现在不快乐，她是知道的。这把双刃剑，带来机遇的同时，可能伴随着噩运。知道太多秘密的人不会长寿。"事了拂衣去，深藏身与名。"朱颜打定主意，做完这一次，就好好生活吧。如果快乐太难，那就祝自己平安。她天真了这么些年，也不是不明白她只是他的金丝雀，有人来了就唱几句歌、跳两支舞逗客人高兴。他对她，连金屋藏娇也谈不上。像其他男人一样，他觊觎她的身体，年轻的身体。她不能坐等年老色衰，成为没有利用价值的一颗弃子。

她嗅到危险的气息，想尽快辗转逃离。这种警觉，是阅尽千帆的经验和长期旁观者的清醒使然。她有不好的预感，但还在犹豫着。如此一走了之，就什么都得重新开始。而且，能走到哪里去？继续在这个城市万人如海一身藏？还是回左邻右舍的唾沫星子都能淹死人的家乡小县城？抑或到人生地不熟的异国他乡从头来过？她想来想去，也想不出一个万全的妙计。抑或是就此坐以待毙？她终日踱来踱去，挠破头皮仍然苦思不出良策。

朱颜的脑海频频闪现《肖申克的救赎》里的镜头，若能"越狱"成功，她想到国外去。不仅因为避祸，更是想到一个没有人认识的地方重新开始，过相夫教子的平凡生活。她想象的西欧，像英

十态

国、荷兰、法国，山也青，水也清，缤纷的鲜花，浓墨重彩像世外桃源，是适合隐居的地方。或者北欧也可以，挪威、丹麦、冰岛、芬兰、瑞典，有纷飞的大雪、美丽的极光。冷是冷了点儿，但有蔚蓝的大海、飞翔的海鸥，悠闲宁静得像童话世界。

她在《国家地理》杂志上看过很多国家的风景，都是可以印在明信片上引人遐想的地方，像美国夏威夷的海滩、加州的阳光；还有澳洲的悉尼、堪培拉、帕斯、黄金海岸；新西兰的奥克兰，清冷、宁静、迷人，一年四季与北半球反着来。那些地方没有人认识她，在陌生的国度，能从头再来，那该多好。

如果近一点，中国的香港、澳门、台湾，或新加坡，都在考虑的范围之内。这些中西方文化的交汇处，有狭窄的街道，林立的商铺，看似凌乱而又不失美感的广告牌。盛开的鲜花，摇曳着亚热带与热带交界的风情。入夜渐微凉，霓虹灯闪闪烁烁，海风轻拂，浪花朵朵。沿海城市的繁华与灵动，街头熙熙攘攘的人群，行色匆匆的面孔，是她向往的烟火人间。背景音乐是那首粤语老歌："谁在黄金海岸，谁在烽烟彼岸……他方的晚空更是遥远。"那么老旧，像隔着一个年代，在时光的深处幽幽地响起来。

在一个地方生活久了，人就像一株符合那里水土的植物，已经没办法离开了。

十三

　　那天，是农历十一月三十日。天黑得早，下午五点的阳光已经气若游丝。傍晚六点的城市，夕阳隐去，灯火渐起。那一夜，没有人知道到底发生了什么，反正第二天世界就变了。

　　冬日的清晨，大雾。白茫茫的世界一片朦胧，扑朔迷离。玻璃窗没有关严实，一阵阵冷风裹挟着湿冷的雾气从空隙处扑进来，掀动了厚实的窗帘。秀群在窸窸窣窣地穿衣服，被窝里还留着她的体温，暖烘烘的。那天的气温降至入冬以来最低，她如常起来。住在隔壁的朱颜还在睡。昨晚岑先生没来，只朱颜一个人，叮嘱秀群不用做她的早餐。看来今天她又要睡到日上三竿，早餐连着午餐一块儿吃了。

　　然而一到客厅，眼前的画面令秀群大惊失色。昨晚还好端端的女主人，此时直挺挺地躺在血泊里，脸色乌青，已无声息。一只手直直地横放着，五根雪白的手指蜷曲着，像开水烫熟了的鸡爪。另一只手则蜷缩着放在肚子上，好像有挣扎过的无力感。地上血迹斑斑点点，已经干了。秀群被吓着了，呆了几秒钟才意识到恐惧，尖叫起来。许多年以后，她回忆起那天早晨看到的情景，仍然觉得整个场景像一幅没颜色的画，突兀、绝对的静止，又像霎时推近的电

十态

影镜头，猛地冲击人的眼球，有强烈的震撼感。然后是她惊慌的叫声："来人啊，快来人啊，死人啦……"喊得异常凄厉，打破了整座大厦的宁静，时隔多年还在久久地回荡着。

很快警察来了，媒体也来了。朱颜的遗容被好事的记者拍了下来。这个在电视上和网红圈极有名气的女子，最后一次竟以如此骇人的方式出现在公众的视野。她没能熬过充满杀机的冬天，再也见不到春暖花开，等不到夏日的阳光了。

深冬的夜晚，满天繁星，格外动人。大家茶余饭后聊起，扼腕长叹"万般皆是命，半点不由人"。玫瑰本来应该是带刺的，不带刺的玫瑰，伤不了别人，反易招致别人肆无忌惮的伤害。

狠辣的男人，果然比女人更当机立断。在春节到来之前，让一切结束。

在法国，巴黎蒙巴那斯是一个时代的象征，而有一个叫吉吉的女子，被誉为20世纪20年代末的蒙巴那斯女王。她当过人体模特、电影演员、夜总会歌星，以至成为"巴黎夜生活的顶梁柱"。她是那个时代的见证者，也是参与者。后人对她的评价是："毫无疑问，她对蒙巴那斯时代的主宰，远远胜过维多利亚女王对维多利亚时代的主宰。"

她在自传《爱情是这个样子的：蒙巴那斯的吉吉》里，以直率坦白的态度记述了自己的青春萌动，与艺术家们的交往，以及当裸体模特时的奇闻逸事。许多人把这本书及吉吉视为传奇，其中就包括大文豪海明威，他说："这是唯一一本我曾经写过序言的书，上帝保佑，也是唯一一本我乐意作序的书。"或许朱颜也能成为像吉吉那样声名大噪的传奇，但她没来得及把她的故事写下来，就死了。

除夕夜，在朱颜老家的小县城，家家户户欢声笑语，烟花四起。爆竹声声辞旧岁，火树银花不夜天。有部电影叫《她比烟花寂寞》，但那里无限温馨，过节的人们没有寂寞，只有欢乐。

又一个冬日的清晨，天气出奇地好，万里无云。懒洋洋的阳光穿透了淡黄色的窗帘，清晰的日影落在光洁的地板上。没有完全关闭的窗，一阵阵冷风从外面吹进来，把窗帘掀得高高的。没有雾的好天气，世界如此清朗透明。秀群家的阳台栽着玫瑰，带刺的玫瑰。

已经过去几年了。秀群的儿子毕业，工作，结婚，生子，按部就班地生活。她不用再去替人家做保姆了，不过仍然勤劳、善良、沉默内敛。每天，她一如从前地早起，做早餐，洗衣做饭，忙里忙外，还要接送孙子。她有两个孙子，一个已经读幼儿园了，虎头虎脑，奶声奶气。小的那一个还在襁褓中，是在开放二胎后生的。小孙子戴着一顶软绵绵的棉帽，每天吃饱了就睡，睡够了就不停地蹬那双小腿。他的手臂像脆生生的莲藕，白白嫩嫩，腿更粗点儿，一

十态

蹭一蹭，可爱至极，看着让人想掐一掐。哥哥每天从幼儿园回来后第一件事就是围着他转，不管是谁，一逗他他就哼哼咕咕地呢喃和咪咪地笑。像所有没有长牙的婴儿一样，笑起来把人的心都能融化掉。

这样天真可爱的笑容，朱颜没有福气看到。秀群知道朱颜嘴上说不喜欢孩子，那是因为她心里住着个没有长大的孩子。有时候她又掩饰不住地喜欢孩子，说要生好多个孩子。碍于当时国家的计划生育政策，她知道那是白日梦，是痴心妄想。

那时候以为痴心妄想的白日梦，后来都一一变成了现实，只是再也与她无关。她不知道后来的世界变了。二孩、三孩都放开了，她等不到这些政策到来的一天。只有做过母亲的人才能理解自己的母亲，可是她到死都没办法理解，更没机会体会做母亲的烦恼与快乐。

对于一个薄命的红颜，八卦的媒体偶有人旧事重提，分析、猜测、无限地想象——这都是些陈芝麻烂谷子的事了，也还有人感兴趣。谁也不知道那晚究竟发生了什么，到底是入室抢劫还是杀人灭口？只留下了无尽的悬念和猜测。

秀群很少跟人说起从前做保姆的经历。她不说，没有人知道她是那个著名网红女主播的保姆，是目睹那件轰动全城的入室凶杀案现场的第一人。每当她想起那天的情景，一切依然历历在目。

　　她家的阳台也是朝东，早上太阳直溜溜地照进来，夏天一到就晒得整间屋子热辣辣的。